古典詩歌研究彙刊

第三四輯

龔鵬程 主編

第 7 冊

元代「和陶詩」研究(下)

陳騰飛 著

國家圖書館出版品預行編目資料

元代「和陶詩」研究（下）／陳騰飛 著 -- 初版 -- 新北市：
花木蘭文化事業有限公司，2023〔民 112〕
目 4+146 面；17×24 公分
（古典詩歌研究彙刊 第三四輯；第 7 冊）
ISBN 978-626-344-355-6（精裝）
1.CST：詩評 2.CST：詩學 3.CST：元代
820.91   112010193

ISBN-978-626-344-355-6

9 786263 443556

古典詩歌研究彙刊
第三四輯　第 七 冊
ISBN：978-626-344-355-6

元代「和陶詩」研究（下）

作　　　者　陳騰飛
主　　　編　龔鵬程
總 編 輯　杜潔祥
副總編輯　楊嘉樂
編輯主任　許郁翎
編　　　輯　張雅淋、潘玟靜　美術編輯　陳逸婷
出　　　版　花木蘭文化事業有限公司
發 行 人　高小娟
聯絡地址　235 新北市中和區中安街七二號十三樓
　　　　　電話：02-2923-1455／傳真：02-2923-1452
網　　　址　http://www.huamulan.tw 信箱 service@huamulans.com
印　　　刷　普羅文化出版廣告事業
初　　　版　2023 年 9 月
定　　　價　第三四輯共 8 冊（精裝）新台幣 16,000 元

元代「和陶詩」研究（下）

陳騰飛　著

目

次

上　冊

緒　論‥‥‥‥‥‥‥‥‥‥‥‥‥‥‥‥‥‥‥‥‥‥1

上　編‥‥‥‥‥‥‥‥‥‥‥‥‥‥‥‥‥‥‥‥17

第一章　歷代陶淵明接受情況梳理‥‥‥‥‥‥19

第一節　東晉南北朝時期‥‥‥‥‥‥‥‥19

第二節　隋唐時期‥‥‥‥‥‥‥‥‥‥‥21

第三節　兩宋時期‥‥‥‥‥‥‥‥‥‥‥30

第四節　金元時期‥‥‥‥‥‥‥‥‥‥‥37

第五節　明清時期‥‥‥‥‥‥‥‥‥‥‥43

第二章　宋元時期和陶現象概述‥‥‥‥‥‥‥51

第一節　蘇軾的「和陶詩」‥‥‥‥‥‥‥51

一、反映謫居的日常生活‥‥‥‥‥‥‥55

二、表現親情與友情‥‥‥‥‥‥‥‥‥56

三、詠史與說理‥‥‥‥‥‥‥‥‥‥‥57

第二節　宋代其他詩人的「和陶詩」‥‥‥61

第三節　元代「和陶詩」概述‥‥‥‥‥‥68

中　編‥‥‥‥‥‥‥‥‥‥‥‥‥‥‥‥‥‥‥‥75

第三章　郝經及其「和陶詩」‥‥‥‥‥‥‥‥77

第一節　郝經被拘儀真的處境及心態‥‥‥77

第二節 郝經「和陶詩」的內容 …………… 81
　一、「河陽有賜田，何日得歸耕」──回憶
　　思歸 …………………………………………… 82
　二、「有夢渾未覺，獨醉勝獨醒」──飲酒
　　釋懷 …………………………………………… 86
　三、「片天亦愧仰，計拙祗厚顏」──反思
　　現實 …………………………………………… 88
　四、「憂道不憂貧，高賢多閉關」──詠史
　　述理 …………………………………………… 91
第三節 郝經「和陶詩」的風格 …………… 93
　一、悲慨沉鬱 ………………………………… 95
　二、平淡自然 ………………………………… 101
第四章 方回及其「和陶詩」 ………………… 105
第一節 方回降元及其矛盾心態 …………… 105
第二節 方回對陶淵明的接受 ……………… 110
　一、對陶淵明人格的稱頌 ………………… 110
　二、對陶淵明詩歌的推崇 ………………… 113
　三、自覺地學習陶詩 ……………………… 117
第三節 方回「和陶詩」的內容及風格 …… 120
　一、方回「和陶詩」的內容 ……………… 120
　二、方回「和陶詩」的風格 ……………… 123
第五章 劉因及其「和陶詩」 ………………… 129
第一節 劉因的生平及其仕隱心態 ………… 129
　一、劉因的家世及生平 …………………… 129
　二、劉因的仕隱心態 ……………………… 134
第二節 劉因的慕陶情結 …………………… 139
第三節 劉因「和陶詩」的內容及風格 …… 142
　一、劉因「和陶詩」的內容 ……………… 142
　二、劉因「和陶詩」的風格 ……………… 151
第六章 戴良及其「和陶詩」 ………………… 157
第一節 易代文人與遺民心態 ……………… 157
第二節 戴良對陶淵明的接受 ……………… 162

一、直接表達對陶翁的追慕……………………164
二、使用陶詩的典型意象……………………165
三、對陶詩的互文性建構……………………168
第三節　戴良「和陶詩」的內容及風格………175
一、「風波豈不惡，遊子念歸途」——表達回歸之思……………………………………179
二、「尊中有美酒，胡不飲且歌」——表達飲酒之樂……………………………………181
三、「舉世嘲我拙，我自安長窮」——表達固窮安貧的思想 ……………………………183

下　冊

下　編……………………………………………189

第七章　元代「和陶詩」綜論 …………………191
第一節　元代其他詩人的「和陶詩」 …………191
一、舒岳祥……………………………………191
二、牟巘 ……………………………………194
三、王惲 ……………………………………198
四、戴表元……………………………………200
五、汪洊雷……………………………………204
六、仇遠 ……………………………………205
七、于石 ……………………………………206
八、方夔 ……………………………………206
九、黎廷瑞……………………………………207
十、任士林……………………………………208
十一、安熙……………………………………208
十二、釋梵琦…………………………………210
十三、吳萊……………………………………211
十四、唐桂芳…………………………………212
十五、桂德稱…………………………………213
十六、金固……………………………………213
十七、謝肅……………………………………214

十八、張暎 ………………………………215

第二節　元代「和陶詩」與陶詩的異同………215

　一、在思想傾向上的異同…………………216

　二、在藝術風格上的異同…………………223

第三節　元代詩人和陶原因分析……………228

　一、元代社會與文人心態…………………228

　二、蘇軾和陶範式的影響…………………236

　三、理學思想的影響………………………238

第四節　元代「和陶詩」的價值……………241

　一、進一步推動陶詩經典化………………241

　二、塑造陶淵明的理想人格………………245

　三、真實記錄元代歷史與文人心態………247

　四、對和陶詩人個體的意義………………250

第八章　元代對陶淵明形象的建構…………253

第一節　遺民詩人對陶淵明「忠節」形象的

　　　　書寫………………………………254

第二節　散曲作家對陶淵明「風流」形象的

　　　　書寫………………………………260

　一、嘯傲田園的隱士………………………261

　二、鄙視功名的達者………………………263

　三、逍遙自任的飲者………………………266

結　語…………………………………………271

參考文獻………………………………………273

附錄　元代「和陶詩」文獻輯錄……………283

後　記…………………………………………333

下　編

第七章 元代「和陶詩」綜論

第一節 元代其他詩人的「和陶詩」

　　除了郝經、方回、劉因、戴良等和陶較多的詩人之外，元代還有其他詩人創作「和陶詩」，他們的身份、思想、人生經歷不同，反映在「和陶詩」的內容與風格也不盡相同。他們的「和陶詩」不多，大多偏重追和陶詩的某一主題。按照思想內容的不同，大致可分為兩類：一類是追和陶淵明的《詠貧士》，表達固守窮節的思想，有牟巘、戴表元、安熙、吳萊等詩人；另一類多是追和陶淵明的《九日閒居》，有王惲、黎廷瑞、釋梵琦、謝蕭等詩人；還有一些是和陶《移居二首》的詩，有汪泝雷、張暎等。

一、舒岳祥

　　舒岳祥（1219～1298），字景薛，台州寧海（今屬浙江）人，曾讀書於閬風臺，人稱「閬風先生」。宋寶祐四年（1256）登進士第，曾任奉化尉，官至承直郎。宋亡後隱居家鄉，潛心文學，教授鄉里。元大德二年（1298）卒，享年八十歲，今存《閬風集》十二卷。

　　舒岳祥半生飄零，經歷了易代之變、家國之恨與個人困頓的生活，使他對陶淵明的精神人格有更深刻的體認。舒岳祥對陶淵明十分推

崇，在動盪不安的社會現實中，陶淵明成為他的精神寄託，他取陶淵明「偶愛閑靜」語作《愛閑堂說》：

> 余每愛陶靖節之言曰：「少學琴書，偶愛閑靜，開卷有
> 得，便欣然忘食。見樹木交陰，時鳥變聲，亦復欣然有喜。
> 每五六月中，臥北窗下，涼風暫至，自謂羲皇上人。」余亦
> 自謂頗知淵明真趣，然未嘗以語人。魏君天與，新作堂於所
> 居，曰「愛閑」，求文於余。余問其義云何，則曰：「此取呂
> 文靖愛閑能得幾人來之句也。」余謂之曰：「是愛他處之閑，
> 非愛其居之閑也。當為子易之。」既而忘前語，蓋衰老之常
> 態也。踰月，而君來索名，予無以復之，則曰：「名不必易
> 也，當易其說耳。」遂舉陶公語以告之，君亦怡然領悟，請
> 揭諸屏，余亦自笑曰：「題猶故而意則異耳，蓋亦舉子之故
> 習也，覽者得毋有馮婦攘臂下車之誚耶。雖然，君昔以舉子
> 業而薦鄉書矣，必不余誚也。」遂書以授之，為愛閑堂說。
> 歲庚辰十月朔日。〔註1〕

舒岳祥對陶詩十分喜愛，且有深刻的認識，他所作《劉正仲和陶集序》一文有較為詳細的論述：

> 自唐以來，效淵明為詩者皆大家數。王摩詰得其清妍，
> 韋蘇州得其散遠，柳子厚得其幽潔，白樂天得其平淡。正如
> 屈原之騷，自宋玉、景差、賈誼、相如、子雲、退之而下各
> 得其一體耳。東坡蘇氏和陶而不學陶，乃真陶也。〔註2〕

在舒岳祥看來，王維的清妍、韋應物的散遠、柳宗元的幽潔、白居易的平淡都出自淵明，他們都是學陶的大家，但只是學習了陶詩的一個方面，形成了自己的特色，而蘇軾和陶得到了陶詩精髓，是「真陶」，並表達了向其學習的願望。舒岳祥還提到，陶淵明的隱居田園並非消極避世，而是對當時社會的一種回應，通過詩歌表達出來了他悲戚、憤慨的感情，可謂是深刻的見解。他與陶淵明的處境非常相似，陶淵明的堅守氣節引起了舒岳祥情感上的共鳴。

〔註 1〕（元）舒岳祥：《閬風集》卷十一，《四庫全書》本，第 1b～2b 頁。
〔註 2〕《閬風集》卷十，第 4a～5b 頁。

　　今存舒岳祥「和陶詩」三首。其《停雲詩》下有序：「劉正仲和
淵明停雲以既予，此詩予疇昔嘗和之，以貽景韓泳道者也，二子不可
復作矣。撫卷悵然，復和之以答正仲。四海衣冠，遭時艱虞。至於暴
骨原草者，多矣。予與正仲，偷生巖谷，稍尋筆墨，倡酬以見志，斯
又不幸之幸歟。」〔註3〕序中記錄了作詩的緣由，詩人經歷戰亂而得
以幸存，內心百感交集，詩云：

　　　　我懷同人，如暵望雨。天地崩裂，干戈閒阻。陳編孤
　　哦，槁梧自撫。思而不見，援桂延佇。
　　　　千山月白，露氣濛濛。四顧懭慌，素霮成江。飛蘿掃
　　屋，懸泉掛窗。之子不至，世孰吾從。
　　　　小園宛宛，水木鮮榮。子念及此，我寧忘情。曩歲中
　　都，我歸子征。以子出處，用觀我生。
　　　　俯仰換世，昨夢蟻柯。故交零落，屈指無多。孔時尹
　　任，夷清惠和。各言爾志，夫也如何。〔註4〕

詩中表達了對友人的思念之情，以及對國事的憂慮和對戰亂中人民疾
苦的深深關切。

　　《子瞻在惠州以十月初吉作重九和淵明己酉九月九日韻，余去年
以此日奔避萬山，今日則有閒矣。有野人饋菊兩叢，對之歎息，因繼
韻陶蘇之後》，從詩題可看出是對陶淵明與蘇軾二人的繼和：

　　　　去年十月吉，四山戎馬交。攜家走萬壑，惟恐草莽彫。
　　今日復此日，回睇龍舒高。青黃雜遠樹，丹碧曖微霄。黃華
　　一斗酒，慰此兩足勞。念茲一釜內，觸之成爛焦。我窮天所
　　憐，杯水解鬱陶。冥心聽回斡，聊以永今朝。〔註5〕

詩人回憶了自己攜家人躲避戰亂的經歷，感慨命運之不濟與生活的艱
辛。

　　《丙子兵禍，自有宇宙，寧海所未見也。予家二百指，甌石將罄，

〔註3〕　《閬風集》卷一，第 2a 頁。
〔註4〕　《閬風集》卷一，第 2a～2b 頁。
〔註5〕　《閬風集》卷一，第 17b 頁。

避地入剡，貸粟而食，解衣償之，不敢以淵明之主人望於人。也因讀淵明乞食詩，和韻書懷，呈達善，亦見達善燒痕稿中有陶公乞食顏公乞米二帖跋尾也》是一首酬唱詩，詩題記載了元兵攻略的史實與自己逃難的窘況，在這次避難中，舒岳祥得到了友人王達善的幫助：

> 淵明不可及，適意惟所之。無食不免乞，折腰乃竟辭。主人必義士，知心如子期。厚饋既賙急，復酌我以卮。談諧有真味，斯人定能詩。柳惠未失正，魯男豈可非。學陶何必乞，書此以自貽。〔註6〕

元世祖至元十三年（1276）丙子，舒岳祥與王達善相遇，為其《燒痕稿》作跋。從詩中可以看出，雖然詩人生活困頓，但仍懷有樂觀的心態。

二、牟巘

牟巘（1227～1311），字獻甫，一字獻之，其先世為蜀人，居蜀之井研。南宋嘉熙三年（1239），牟巘隨父離開家鄉，後徙居湖州（今浙江吳興）。南宋時登進士第，歷大理寺少卿、浙東提刑，後因忤賈似道去官。入元，隱居不出，與方回、戴表元、袁桷、鄧文元、程鉅夫等唱和於東南一帶，元武宗至大四年（1311）卒，享年八十五歲。

牟巘因得罪南宋權臣賈似道而辭官歸家，開始了長達三十餘年的隱居生活。顧嗣立《元詩選》記載：「是時，宋之遺民故老，伊憂抑鬱，每託之詩篇以自明其志，若謝皋羽、林德陽之流，邈乎不可攀矣。其他仇仁近、戴帥初輩，猶不免出為儒師，以升斗自給。獻之以先朝耆宿，蹶然不緇。元貞、大德之間，年在耄耋，巋然備一時文獻，為後生之所矜式。」〔註7〕顧嗣立認為，南宋遺民如謝翱、林景熙，在詩歌中多抒發亡國之痛，感情激烈悲切；仇遠、戴表元之流教書授徒，以維持生計。牟巘則與他們有所不同，潛心於精研文獻，不被外界所困擾。牟巘對隱居生活很嚮往，他有一首《真隱詩》：

〔註6〕《閬風集》卷一，第23a～23b頁。
〔註7〕（清）顧嗣立編：《元詩選》，中華書局1987年版，第218頁。

> 招隱費招呼，習隱聊習步。素隱為素餐，充隱似充數。
> 悠悠千載內，罕與真隱遇。少小慕真隱，每誦坡老句。竭來
> 法華遊，正在題詩處。真境忽在前，更慕坡所慕。真則思慮
> 泯，不真精爽鶩。真則光塵合，不真圭角露。真書無攲仄，
> 真味無反惡。真樂無安排，真逸無疲苦。所以要任真，從其
> 訝箕踞。所以貴葆真，從他笑椎魯。但看真隱廬，蕭然只環
> 堵。青山以為屏，白雲常在戶。隨宜種花藥，快意掃庭宇。
> 可作真率會，可說真實語。可飲真一酒，何者非天趣。玄真
> 乃詩流，季真是仙侶。拉之相與俱，巾屢此容與。坐聞雛鶴
> 鳴，時看蒼虯舞。疏散略邊幅，誰客復誰主。吾亦忘吾真，
> 酣歌下山去。〔註8〕

詩人論述了「招隱」、「習隱」、「素隱」、「充隱」等幾種不同的隱居形式，但他最慕「真隱」，詳細寫出了自己對真隱的認識。當時很多隱士雖然逸於山林或居於鬧市，卻不能忘懷功名利祿和物質享受，體會不到隱居的真趣，不安於平淡的生活。牟巘認為真正的隱士能安貧樂道，超脫名利，追求心靈的率性自適和自然之樂，因此，他用實際行動踐行著真隱。

　　牟巘在詩歌中表達著對陶的欽慕，如《和趙子俊閒居十首》其五云：「胡為閑居賦，乃諉任安巧。所以惟慕陶，固窮而守道」〔註9〕，稱頌陶淵明安貧樂道的精神。他還有一首《希年初度老友王希宣扁舟遠訪夙誼甚厚貺以十》：

> 行年似啟期，顏髮日夜改。此身尚我累，橡栗時自採。
> 古人歌既醉，其中有五福。如何憔悴者，忍飲但餐菊。
> 有酒巾可漉，無酒榼自空。但懷停雲友，相望各西東。
> 九日把壽酒，時節無差池。我生秋已老，菊荒而崩籬。
> 扁舟過寂寞，十詩繼騷雅。定是王弘孫，猶記南山下。
> 淵明六十三，我已多數秋。未死亦偶然，神仙殊謬悠。
> 平生遇初度，何曾具盤筵。感君知我意，老淚更潸然。

〔註8〕（元）牟巘：《陵陽集》卷二，《四庫全書》本，第 3b～4a 頁。
〔註9〕《陵陽集》卷一，第 8a 頁。

> 人生百年內，榮華僅少選。何似雞黍約，歲晚長相見。
> 憐彼武昌柳，搖落向江潭。虛名竟何益，北斗與箕南。
> 淵明詠三士，講學馬隊間。斯道幸不廣，石高媲廬山。
> 〔註10〕

在形式上，牟巘的十首五言絕句，末字連起來正好是陶淵明「採菊東籬下，悠然見南山」這句詩。內容上，詩中用到很多陶詩中的詞句、意象，如「菊」、「停雲」、「南山」等，或化用陶詩、用陶典故，如「有酒巾可漉」、「九日把壽酒」、「講學馬隊間」，可以看出牟巘對陶詩的接受。又如《題淵明圖》：

> 平生抱耿介，四海寡朋交。淒其九日至，頗感顏髮凋。
> 無酒醒對菊，風味乃更高。誰識此時情，白雲行遠霄。地主
> 有佳餉，得之良已勞。而我適邂逅，赴飲如沃焦。永言大化
> 內，朽質非所陶。惟有飲美酒，一醉可千朝。〔註11〕

詩寫陶淵明「白衣送酒」的典故，表現了陶淵明遺世獨立的高風亮節，也表達了詩人對陶淵明的欽慕之情。

牟巘今存「和陶詩」九首，分別是《東坡九日尊俎蕭然有懷宜興高安諸子姪和淵明貧士七首余今歲重九有酒無肴而長兒在宜興諸兒在蘇杭溧陽因輒繼和》《侍輅院叔過山廬意行甚適夜過半乃知醉臥山中而親友或去或留因借淵明時運暮春篇一笑》《再和》。從詩題中可得知牟巘的和陶「詠貧士」七首作於重陽節，當時他的幾個兒子都不在身邊，他繼和蘇軾的《和陶詠貧士》而作這七首詩。在這七首詩中，其一講述了自己跟隨父親從蜀地徙居江南的經歷，表達了對故土的依依思念：

> 吾翁始落南，土思尚依依。築堂扁岷峨，目斷落日暉。
> 憶昔丙申歲，錦里煙塵飛。甲子已一周，而我猶未歸。孤蓬
> 失本叢，旅雁抱長饑。百年直寄爾，曠然勿徒悲。〔註12〕

其三、四、五集中表現自己安於貧困、怡然自樂的生活狀態：

〔註10〕《陵陽集》卷五，第12a頁。
〔註11〕《陵陽集》卷一，第5a頁。
〔註12〕《陵陽集》卷一，第2b頁。

　　　我殆勝彭澤，無酒亦無琴。湖外來遠餉，屋角囀好音。
吹帽節已迫，醉鄉路可尋。勿違故人意，洗盞起自斟。甜酒
乏風骨，谷永與杜欽。而此清且勁，良足慰我心。〔註13〕

　　　人生徒自苦，與世為卷婁。何如有美酒，自獻還自酬。
貧雖不若富，用寡庶易周。婚嫁願已畢，此外復何憂。況無
下澤田，得與彭澤儔。年豐米長賤，一飽或可求。〔註14〕

　　　翁媼老白髮，蕭然老江干。大兒荊溪遊，折腰豈為官。
諸兒走異縣，亦各營一餐。別多會面少，端復坐飢寒。諸幼
且眼前，笑語開我顏。勿問賢與愚，懷抱俱相關。〔註15〕

雖然生活貧困，但是詩人卻沒有寫不可承受之痛苦，亦未生發感慨和
抱怨。從詩中可以看出，詩人對物質生活並沒有很高的追求，在他看
來溫飽足矣，表現出了安貧樂道、怡然自得的心境。又如其二：

　　　驚飆舉落葉，意氣何軒軒。秋高百卉盡，寂寞但空園。
何異富與貴，變滅隨雲煙。緬懷陶彭澤，平生極幾研。朗詠
貧士詩，相對如晤言。今人之所恥，古人以為賢。〔註16〕

詩人認為富貴如過眼雲煙一般不可長久，所以不必迷戀。他緬懷淵明，
一生都在用心研讀其詩文，而吟詠陶淵明的《詠貧士》詩，彷彿是在
和陶翁對話。最後詩人發出感歎，今人多以貧為恥，古人重視安貧守
節，認為那才是賢達的表現。其六：

　　　好惡豈不察，鑿垣植蒿蓬。而此庭前菊，鋤灌少人工。
此物抱至潔，有似楚兩龔。留香待嚴凜，意與烈士同。糞土
笑伯始，金錢鄙鄧通。千載一元亮，捨此將安從。〔註17〕

凌寒傲放的菊花，品性高潔，猶如漢時的龔勝、龔舍兩兄弟，史載
「二人相友，並著名節，故世謂兩龔。」〔註18〕末尾兩句表達了對淵

〔註13〕　《陵陽集》卷一，第2b～3a頁。
〔註14〕　《陵陽集》卷一，第2b～3a頁。
〔註15〕　《陵陽集》卷一，第2b～3a頁。
〔註16〕　《陵陽集》卷一，第2b頁。
〔註17〕　《陵陽集》卷一，第3a頁。
〔註18〕　（漢）班固編：《漢書·兩龔傳》第十冊，卷七十二，中華書局1985
　　　　　年版，第3080頁。

明等古代高士的歌頌，對追逐功名之徒的鄙視，牟巘願像菊花一樣，傲然綻放，留香於世。牟巘後半生是在隱居中度過的，他與陶淵明一樣安貧樂道，透過他平淡真淳的詩歌，可以窺見他平和的人生狀態，他是一位真正的隱士。

三、王惲

　　王惲（1227～1304），字仲謀，號秋澗，衛州汲縣（今屬河南）人，元初著名的政治家、學者、詩人。王惲好學善屬文，早年曾求學於元好問，與東魯王博文、渤海王旭齊名，並稱「三王」。元世祖中統元年（1260），以上書論時政，擢中書省詳定官。中統二年（1261）春轉翰林修撰，受到元世祖的器重，後在平陽、河南、燕南、山東、福建等地為官，至元二十八年（1291）回京師，任翰林院學士。大德八年（1304）六月卒，追封太原郡公，諡文定。今存《秋澗先生大全文集》一百卷。

　　王惲是元初詩文大家，以才幹見稱，文章受元好問影響，作詩筆力雄渾闊大。《四庫全書總目》載：「惲文章源出元好問，故其波瀾意讀，皆不失前人矩鑊。詩篇筆力堅渾，亦能嗣響其師。」〔註19〕顧嗣立云：「秋澗詩才氣橫溢，欲馳騁唐宋大家間。然所存過多，頗少持擇，必痛加芟削，則精彩愈見。」〔註20〕王惲性格剛正不阿，仕途屢次受挫，使他無法實現兼濟天下的抱負。他想像陶淵明一樣隱居耕田，卻又無法實現，只能通過詩歌表達對陶淵明的嚮慕，作有《歸去來圖》三首：

　　　　長沙勳業武侯忠，劉宋規摹操懿雄。虐焰盡烘寰宇裂，
　　五株楊柳自春風。

　　　　彭澤遺黎不幸何，斜川魚鳥共婆娑。先生踐跡高千古，
　　不似終南捷徑多。

〔註19〕《四庫全書總目》卷一六六，第 1433 頁。

〔註20〕（清）顧嗣立編：《元詩選》初集上，中華書局 1987 年版，第 444頁。

解綬歸來百日強，東籬松菊未全荒。細觀歷贊高賢傳，
一出頭來恨已長。〔註21〕

詩中刻畫了辭官後的陶淵明躬耕田園、安貧樂道的形象，與那些追逐
功業的政治人物或是借歸隱來尋求「終南捷徑」的人形成了鮮明的對
比。三首詩都集中表達了詩人對陶淵明的推崇與讚頌。

王惲有「和陶詩」三首，其中《和淵明歸田園》作於至元二十八
年（1291），當時詩人已從福建歸家，有序云：「庚寅冬，余自閩中北
歸，年六十有五。老病相仍，百念灰冷，退閒靜處，乃分之宜。辛卯
三月十七日，風物閑暇，偶遊溪曲，眷彼林丘，釋然有倦飛已焉之念。
城居囂雜，會心者少，因和淵明歸田園詩韻以寓意云」〔註22〕，交代
了作詩的時間與背景，全詩如下：

寡智空樂水，便靜思潛山。性既時與捩，況復迫暮年。
邇者事遠役，冒涉江海淵。意令不家食，糊口須閩田。因之
委順去，強顏官府間。道遠策疲蹇，跬步鞭莫前。天幸脫羈
靮，放歸坰野煙。鄉曲喜我至，迎拜衣倒顛。雖云有限軀，
且遂未老閒。一洗矯拂性，俯仰從天然。〔註23〕

詩人在春日外出遊賞，面對家鄉優美的風光，想起自己的半生仕宦經
歷，頓時生出倦鳥返巢之感，流露出擺脫藩籬、回歸田園的欣喜之情。
另有《九日和淵明詩韻》二首：

九日天氣好，淡遊無友生。懷哉曠達士，愛此佳節名。
野迴秋山高，遠目增雙明。手把霜菊枝，吟泛風葉聲。人生
天地間，強矯無百齡。歲月不我與，大川日東傾。且酌一尊
酒，遺彼五鼎榮。滿把風露香，陶我醉後情。遇坎且復止，
吾器期晚成。

今歲節序晚，天氣秋夏交。衰草伴佳菊，藉暖亦後凋。
居閒愛節物，不辭遠升高。川澄涵雁影，空曠曖微霄。舉觴
酹時人，塵坌乃爾勞。中間百憂集，龜卜將日焦。何如遺世

〔註21〕　（元）王惲：《秋澗集》卷二十五，《四庫全書》本，第 19b 頁。
〔註22〕　《秋澗集》卷五，第 1a～1b 頁。
〔註23〕　《秋澗集》卷五，第 1b 頁。

士，空杯樂亦陶。得酒且歡喜，誰能保來朝。〔註24〕
二詩當作於王惲辭官歸家之後，詩人在秋日登山遠眺，飲酒賞菊，追思古代的穎達之士，表現出對自然的熱愛與閒適的情感，詩風平淡自然，頗有韻致。

四、戴表元

戴表元（1244～1310），字帥初，一字曾伯，號剡源先生，奉化（今屬浙江）人，宋元之際著名的文學家。咸淳七年（1271）進士，先後任建康府、臨安府教授。德祐二年（1276），元軍攻佔臨安，宋室投降，戴表元避亂天台，與舒岳祥、劉莊孫、王子兼等人相酬唱。此後他隱居家鄉，以授徒賣文為生。元成宗大德六年（1302），被薦為信州教授，十年（1306）冬，信州任滿，再調婺州教授，後以病辭，歸剡源。元武宗至大三年卒於家鄉，著有《剡源集》三十卷。

對於其詩文成就，《元史》載：「表元閔宋季文章氣萎苶而辭骪骳，骪弊已甚，慨然以振起斯文為己任。時四明王應麟、天台舒岳祥並以文學師表一代，表元皆從而受業焉。故其學博而肆，其文清深雅潔，化陳腐為神奇，蓄而始發，間事摹畫，而隅角不露，施於人者多，尤自秘重，不妄許與。至元、大德間，東南以文章大家名重一時者，唯表元而已。」〔註25〕顧嗣立《元詩選》云：「其文清深雅潔，化腐朽為神奇，蓄而始發。」〔註26〕錢基博在《中國文學史》中說：「清深雅遒，其中七言古、五七言律，律切而能健爽，跌宕而能沉鬱，猶是杜陵矩鑊，不為江西之生拗，亦異東坡之容易，已為返宋入唐。而五言古，則以高朗為古淡，體物入微，寓興於曠，由陳子昂、李白以出入阮籍、陶潛，抑更以晉參唐。」〔註27〕都給出了很高的評價。

〔註24〕《秋澗集》卷二，第 7a～7b 頁。

〔註25〕《元史》卷一百九十，第 4336～4337 頁。

〔註26〕（清）顧嗣立編：《元詩選》，文淵閣四庫本，臺北商務印書館 1986年版，第 1468 冊 144 頁。

〔註27〕錢基博編：《中國文學史》，中華書局 1993 年版，第 722 頁。

　　戴表元有「和陶詩」十首，分別是《自居剡源，少遇樂歲，辛巳
之秋，山田可擬上熟，吾貧，庶幾得少安乎？乃和淵明貧士七首與鄰
人歌而樂之》（下文簡稱《和陶詠貧士》七首），《和陶乞食》一首，
《移居山林和陶》二首。根據詩題裏「自居剡源」和「辛巳之秋」的
信息，可以推斷和陶淵明《詠貧士》七首作於至元十八年（1281），時
年辛巳，戴表元居於家鄉剡源。從至元十五年（1278）到至元二十三
年（1286），戴表元隱居家鄉，從「我居在窮巷，來往無華軒。辛勤衣
食物，出此二畝園」（《和陶詠貧士》其二）、「去年秋事荒，販糴仰鄰
州」（《和陶詠貧士》其七）中可以看出他也從事農耕，且生活十分貧
苦。詩人不但承受著貧窮的物質生活，在心理上也經受著痛苦與折磨，
如《和陶詠貧士》其一：

　　　　貧賤如故舊，少壯即相依。中心不敢厭，但覺少光輝。
　　向來乘時士，亦有能奮飛。一朝權勢歇，欲退無所歸。不如
　　行其素，辛苦耐寒饑。人生係天運，何用發深悲。〔註28〕

自少年時代，困頓的生活就一直伴隨著詩人。他用一個「賤」字，表
達了自己對農耕的態度，似有鄙視之意。他在《清茂軒記》中也說過：
「余既來為農，時時以賤事往來其間」〔註29〕，將農事耕種看作是「賤
事」，他雖然以農為業，但在心理上還以文士自居，並沒有真正融入
其中，無論是在心理上還是現實生活中，與農事都存在著隔閡。如其
五：

　　　　村郊多父老，面垢頭如蓬。我嘗使之言，辭語不待工。
　　古來名節士，敢望彭城龔。有叟誚其後，更恨道不同。鄙哉
　　謏讀者，為隘不為通。低頭拜野老，負耒吾願從。〔註30〕

生活在詩人周圍的村鄰父老，蓬頭垢面，言語粗鄙，詩人和他們很難
有共同的語言，更妄談成為知己好友了，詩中「彭城龔」是知己的意

〔註28〕　（元）戴表元：《剡源戴先生文集》卷二十七，《四部叢刊》本，第 7a
　　　　頁。
〔註29〕　《剡源戴先生文集》卷三，第 5b 頁。
〔註30〕　《剡源戴先生文集》卷二十七，第 8a 頁。

思。「有叟誚其後，更恨道不同」，面對老農們的譏笑，他的內心充滿了苦痛。「相逢樵牧徒，混混誰愚賢」（《和陶詠貧士》其一），鄰人將自己和那些樵翁牧人混同看待，「作詩勞鄰曲，有唱誰與酬」（《和陶詠貧士》其七），詩人滿懷無人可傾訴的孤獨寂寞。

戴表元筆下呈現出來的田園生活，與陶詩中表現出來的有很大差異，陶詩中的鄰里關係是和諧、純樸的：「鄰曲時時來，抗言談在昔」（《移居二首》其一）、「得歡當作樂，斗酒聚比鄰」（《雜詩十二首》其一）、「時復墟曲中，披草共來往。相見無雜言，但道桑麻長。」（《歸園田居六首》其二）為什麼會產生如此大的差異，戴表元在詩中作出了回答：

> 古人重畎畝，有祿不待干。德成祿自至，釋耒列王官。
> 不仕亦不貧，本自足饔餐。後世恥躬耕，號呼脫飢寒。我生
> 千祀後，念此愧在顏。為農倘可飽，何用出柴關。〔註31〕

古代的文人士子不必干祿，因為耕田所獲足以維持生計。元代情況則不同，儒生社會地位低下，單純通過勞作並不能使他們擺脫飢寒，轉而進行干祿，尋求達官顯貴的引薦，「為農倘可飽，何用出柴關」，詩人發出了對時代的扣問。

戴表元並未一直隱居下去，他曾出任元廷學官，《戴剡源先生自序》載：「家素貧，毀劫之餘，衣食益絕，乃始專意讀書教授，賣文以活老稚。鄞居度已不可久，遂買榆林之地而廬焉。如是垂三十年，執政者知而憐之，薦授一儒官，因起信州教授。」〔註32〕可以看出，來自生存的壓力是他出任學官的直接原因。戴表元有《和陶乞食》一首，下有序云：「往時，王達蓋嘗與予評陶顏二公云：魯公乞米於李大夫者，李大夫光弼也。而怪淵明所乞食，失其主人名氏以為恨。余按：淵明《乞食》詩云，飢來驅我去，不知竟何之。行行至斯里，叩門拙言辭。則是淵明為飢所驅，本不知為何人家而叩之，亦可憐矣。然淵

〔註31〕 《剡源戴先生文集》卷二十七，第 7b 頁。
〔註32〕 《剡源戴先生文集》卷二十七，第 10a 頁。

明家有五男子，傳稱翟氏志趣亦同，能安苦節。夫耕於前，妻鉏於後。又《責子》詩，雍端俱年十三，或當別有庶母。淵明又嘗助其薪水。大約計之，不翅百指之家。而當飢餓，單身竟行，望屋求食，不知其家何以為處。乃不如魯公，闔門同饑共飽，擇英賢可語者通情焉。不亦可乎。余家與淵明略相類，不敢用淵明法。壬辰春有感於故人之言，遂和淵明詩韻，將求如李大夫者而告之。」〔註33〕序中用了「淵明乞食」和「魯公乞米」兩個歷史典故。陶淵明乞食的典故可見其《乞食》詩，「魯公乞米」是寫顏真卿向李光弼乞米的事，唐代宗永泰元年（765），適逢關中大旱、江南水災，農田歉收。顏真卿全家一連幾個月只能吃粥，後來在米盡的情況下，顏真卿不得不向舊日同僚李光弼求助，寫下了著名的《乞米帖》：「拙於生事，舉家食粥，來已數月。今又罄竭，只益憂煎，輒恃深情。故令投告，惠及少米，實濟艱辛。仍恕干煩也。真卿狀。」〔註34〕序中將陶淵明乞食和顏真卿乞米作比較，淵明是望屋求食，不在意所乞者為何人家，認識與否；而顏真卿則選擇可以和他通情的賢達之人乞討，意在表明顏真卿的行為高於陶淵明，陶淵明的乞食有失文士尊嚴，不可取。「遂和淵明詩韻，將求如李大夫者而告之」，戴表元創作《和陶乞食》詩的緣由，是也希望得到像李光弼這樣賢達之人的幫助。和詩如下：

> 今朝胡不樂，取書一哦之。饑窮古不免，陶生良有辭。骨肉同天倫，僮僕緣食來。如何長年中，萬事付酒杯。脫身得一飽，激烈陳歌詩。不如魯侯仁，借貸英雄材。嗟餘亦有作，欲向誰同貽。〔註35〕

戴表元與那些安貧守節的遺民詩人不同，他並不否認干祿，希望像顏真卿一樣得到權貴的幫助。戴表元還有《移居山林和陶》二首，詩前有張瑛的題序：「余十年前答友人，不求眾人賞，始獲文字傳之句。今觀剡源戴先生自跋其文，亦如此意云。張瑛題。」其詩云：

〔註33〕　《剡源戴先生文集》卷二十七，第9b〜10a頁。
〔註34〕　（唐）顏真卿：《乞米帖》，見《全唐文》卷三三七，第3413頁。
〔註35〕　《剡源戴先生文集》卷二十七，第10a頁。

　　　　　讀書南館靜，花竹五畝宅。天晴風日佳，持有山水役。
　　誰今更滧溢，歲月不煖席。樂事去如夢，情貌已非昔。行止
　　不諒人，是非焉足惜。

　　　　　寢廟何奕奕，昔聞奚斯詩。南榮支一榻，大似尸祝之。
　　荒垣但喬木，英風起予思。生涯寄詩書，人憐不知時。我非
　　班定遠，古筆今在茲。此事未易言，憒憒君勿疑。〔註36〕

其一「樂事去如夢，情貌已非昔」表現出了詩人對往昔的追憶，對照
當下，徒生歎息。其二「我非班定遠，古筆今在茲」，用立功西域的班
超的典故，表達了詩人對建功立業、拜相封侯的渴望。按，與原詩相
比，和詩其一少第三、四句。和詩其二最末句「疑」，陶詩為「欺」，
戴表元和詩未押本字。

　　戴表元有詩云：「書生不用世，什九隱儒官。抱璞豈不佳，居貧
良獨難。」（《送陳養晦赴松陽校官》）與陶淵明不同，戴表元對田園生
活並無熱愛可言，他難以忍受貧窮的生活和辛苦的勞作，諸如農村的
鄰里和睦、秀美風光、農閒之樂，都很難在戴表元的「和陶詩」中看
到，戴表元之和陶，實為抒發一己之失意與憤懣。

　　戴表元的「和陶詩」語言質樸淺近，無矯飾之嫌，如「我居在窮
巷，來往無華軒。辛勤衣食物，出此二畝園」（《和陶詠貧士》其二）、
「古人重畎畝，有祿不待干。德成祿自至，釋耒列王官」（《和陶詠貧
士》其五）、「村郊多父老，面垢頭如蓬。我嘗使之言，辭語不待工」
（《和陶詠貧士》其六），用樸素的語言表現田園生活中的各種情狀。

五、汪泝雷

　　汪泝雷，字叔震，宛陵（安徽宣城）人，生平不詳。汪泝雷今存
「和陶詩」一首，從詩題來看是對友人的贈答：

　　　　疏齋賜示和陶移居詩有懷從遊之士不鄙荒陋而俎豆之輒次
　　　　韻以謝不敏

　　　　　我家南山陬，猿狁之所宅。山中亦何有，圖史窮日夕。

────────────
〔註36〕《全元詩》第十冊，第 177～178 頁。

知己非所任，願為老聃役。稍從燕遊間，庶分漁樵席。大雅
久不作，茲焉愜平昔。感遇方為榮，爵圭何待析。〔註37〕

六、仇遠

　　仇遠（1247～？），字仁近，號山村，錢塘（今浙江杭州）人。南
宋咸淳年間已有詩名，與白珽並稱「仇白」。他少有高志，有詩云：「平
生志氣隘九州，直欲濯足萬里流。」（《和李致遠秀才》）卻一直未能施
展抱負。德祐二年（1276），元軍攻佔臨安，仇遠隱居錢塘，此後他與
杭州遺民宴集酬唱，抒發亡國之恨、身世之痛。元成宗大德五年（1301），
仇遠任鎮江路學正，有詩云：「干祿本為貧，元非慕輕肥。」（《予久客
思歸以秋光都似宦情薄山色不如歸意濃為韻言志約金溧諸友共賦寄錢
唐親舊》其十一）可見出任學官是因為謀生的需要。大德八年（1304）
任溧陽州儒學教授，以杭州路知事致仕。秩滿後即歸隱錢塘，優游山
水，多與方外之士踏訪名山勝地，卒年不詳。今存《金淵集》六卷、《興
觀集》《山村遺稿》，詞集《無弦琴譜》，筆記小說《稗史》等。

　　仇遠因求微祿而出仕元廷，心中不免常懷愧疚，他渴望像陶淵明
一樣歸隱田園，在詩中表達對淵明的豔羨與敬慕，如「淵明千載上，當
復知我意」〔註38〕（《飲少》）、「淵明真達者，解印如脫屣。五斗何足
云，可但折腰恥。我嘗慕其人，出仕亦漫爾」〔註39〕（《予久客思歸以
秋光都似宦情薄山色不如歸意濃為韻言志約金溧諸友共賦寄錢唐親
舊》其四），詩中經常用到與陶相關的典故與意象，或襲用其字句：

　　　　何如歸去來，期我巖壑間。（《九日鄰翁招隱》）

　　　　可能學陶令，家去有田園。（《形影》）

　　　　終然愧農圃，將有事西疇。（《薄遊》）

　　　　分種東籬下，倚窗日徘徊。（《種菊》）

〔註37〕　見《全元詩》第十二冊，第442頁。
〔註38〕　（元）仇遠：《金淵集》卷一，《四庫全書》本，第18a頁。
〔註39〕　《金淵集》卷一，第19b頁。

豈無佳菊，採不盈把。且漉我酒，放浪林野。〔註40〕
（《秋日懷吾子行》）

他的好友牟巘在《仇山村詩》序中說：「仇君自號山村，不願富貴，而志在田園，正如《己酉九日》《庚戌西田》《丙辰下潠田舍》獲耳，是真慕淵明者，可尚矣。」〔註41〕仇遠今存「和陶詩」《乙巳歲三月，為溧陽校官上府經烏剎橋和陶淵明韻》一首：

一日不見山，胸次塵土積。老來志益壯，清遊等疇昔。
鍾山草堂古，每恨身微翮。況是佳麗地，牛馬風不隔。遑遑
問征路，冉冉供吏役。淵明田可秫，肯為五斗易。石橋跨淮
水，岐路由此析。俗駕何時回，為爾謝松菊。〔註42〕

這首詩步韻陶淵明《乙巳歲三月為建威參軍使都經錢溪一首》，是仇遠在溧陽校官任上時所作，「遑遑問征路，冉冉供吏役」，詩人不願被役使；「俗駕何時回，為爾謝松菊」句，表達了對回歸田園的嚮往。

七、于石

于石（約1247～？），字介翁，號紫岩，晚號兩溪翁，蘭溪（今屬浙江）人。宋亡，隱居不仕，居鄉教授，今存《紫岩詩選》三卷。

于石有《和淵明詩》一首：

林屋本深寂，而多禽鳥喧。一靜制群動，何必更幽偏。
西風掃脫葉，見此林杪山。朝看孤雲出，暮看孤雲還。雲飛
亦何心，相對兩忘言。〔註43〕

按：該詩次韻淵明《飲酒二十首》其五。

八、方夔

方夔，又名方一夔，字時佐，自號知非子，淳安（今屬浙江）人，

〔註40〕 上詩分別見《金淵集》卷一、卷二、卷三、卷四。
〔註41〕 （元）仇遠撰，張慧禾點校：《仇遠集》，浙江大學出版社2012年版，第236頁。
〔註42〕 《金淵集》卷一，第7b～8a頁。
〔註43〕 （元）於石：《紫岩詩選》卷一，《四庫全書》本，第2a頁。

生卒年不詳。宋末屢舉進士不第，後隱居富山。入元，授徒講學以終，學者稱富山先生。有《富山遺稿》十卷。

　　方夔有「和陶詩」二首，其一《偶閱淵明開歲古詩因和其韻》云：

　　　　開歲倐五十，陶翁感浮休。我生苦後陶，夜夢從之遊。
　　大塊無停機，歲月去如流。棄家客東安，泛泛雙浮鷗。羲軒
　　古主人，中古稱旦丘。大倫具五常，大法列九疇。寥寥向千
　　載，孤唱絕眾酬。藐然愧前哲，中路肯止不。逝言晚聞道，
　　惻惻懷長憂。廓落八紘內，俛仰吾何求。〔註44〕

此詩是步韻陶詩《遊斜川》，表達了對陶翁的欽慕。

　　其二《和淵明雜詩奈何五十年韻》云：

　　　　我生未為後，議論頗自喜。讀書見古人，慷慨欲立事。
　　既壯涉憂患，輾轉不如意。五十今到門，翻與窮鬼值。老馬
　　但垂頭，不似新駒駛。前途勿複道，有酒且勤置。〔註45〕

此詩步韻陶《雜詩十二首》其六，詩中記述自己年少時讀書習文，有志於仕，待成年後卻歷經波折，並沒有如願走上仕途，在知天命之年生活依然落魄，前途渺茫，詩中充滿低落的情緒。

九·黎廷瑞

　　黎廷瑞（1250～308），字祥仲，號芳洲，鄱陽（今屬江西）人。宋咸淳七年進士，授肇慶府司法參軍，未赴職。入元，隱居不出。至元二十三年攝本路儒學教授，至元二十七年代去，有《芳洲集》三卷。

　　黎廷瑞有《九日和陶》一首：

　　　　開門見秋山，忻然如故交。煙雲淡相媚，卉木青未彫。
　　茲遊忽自念，誰與為登高。目涉已千仞，神遊還九霄。世短
　　奚足歎，意多亦徒勞。奈何怨遲暮，況復懷覆蕉。至樂豈必
　　酒，天真自陶陶。長吟對寒花，萬期猶一朝。〔註46〕

按：此詩和陶《己酉歲九月九日一首》。

〔註44〕　（元）方夔：《富山遺稿》卷一，《四庫全書》本，第11b～12a頁。
〔註45〕　（元）方夔：《富山遺稿》卷一，《四庫全書》本，第13a頁。
〔註46〕　《全元詩》第十五冊，第378頁。

十、任士林

任士林（1253～1309），字叔實，號松鄉，奉化（今屬浙江）人。嘗講學會稽，授徒錢塘。至大元年（1308），郝天挺薦授湖州安定書院山長，著有《松鄉集》十卷。

任士林有「和陶詩」一首，《侍家君行雷公山中謁大父墓因和淵明韻》：

> 歲月不可恃，四時如番休。今日復何日，父子同嬉遊。雷公山氣佳，春水生溪流。上有冥飛鴻，下有忘機鷗。杖屨遍林谷，徘徊依先丘。樵牧賞我趣，班荊為賓儔。酒酣忽高歌，山空聲相酬。昔者焦先盧，似此深密不。衣冠不足惜，陵谷非吾憂。松根茯苓長，便此居何求。〔註47〕

此詩步韻陶《遊斜川一首》。時值春日，山光水色，禽鳥翩飛，詩人與其父一道遊覽雷公山，在描寫山水景物的同時，抒發了歲月易逝之感，既和其韻又和其意，詩風沖淡。

十一、安熙

安熙（1270～1311），字敬仲，號默庵，真定槁城（今屬河北）人。安熙不屑於仕進，居家教授弟子，多有所成就，著有《默庵集》五卷。

安熙《默庵集》卷一存「和陶詩」八首，分別是《和淵明飲酒》一首，《病臥窮廬時詠靜修仙翁和陶詩以自適輒效其體和詠貧士七篇非敢追述前言聊以遣興云耳》七首。《和淵明飲酒》詩是和陶淵明《飲酒二十首》其七，表達了對隱逸生活的嚮往：

> 我本山澤臞，殊非廊廟英。忘意羲皇上，千載有深情。豈無樽中酒，持杯向誰傾。遙憐昆丘鳳，朝陽亦孤鳴。願言躡高躅，要不負此生。〔註48〕

安熙和陶《詠貧士七篇》是繼和劉因的和陶《詠貧士》詩，詩題為《病

〔註47〕（元）任士林：《松鄉集》卷九，《四庫全書》本，第1a頁。
〔註48〕（元）安熙：《默庵集》卷一，《四庫全書》本，第3a頁。

臥窮廬時詠靜修仙翁和陶詩以自適輒效其體和詠貧士七篇非敢追述
前言聊以遣興云耳》，交代了創作背景與緣由。安熙這七首詩語言質
樸，感情真摯，其一、其二、其四、其六、其七表達了他對先賢固守
窮節思想的敬仰與追慕：

　　　　士生三季後，偊偊泅何依。空餘身後名，炯炯留清暉。
　　自古有商顏，冥鴻快高飛。白雲在空谷，哀歌歎安歸。雖無
　　首陽薇，紫芝足療饑。九原不可作，撫己良可悲。

　　　　我慚未聞道，雅意慕羲軒。力學非董生，三年不窺園。
　　圍茅借幽棲，土銼寒無煙。詩書化鄉鄰，寧免朱墨研。紫陽
　　繼絕學，汗簡多微言。雖愚莫自棄，感慨追前賢。

　　　　淵明守窮賤，生平慕黔婁。富貴如浮雲，萬變紛相酬。
　　世運自興衰，常恐德未周。羲皇不可見，日暮悵離憂。乾坤
　　一東籬，百代無與儔。寄語狂馳子，擾擾將焉求。

　　　　子雲辱天祿，原思樂蒿蓬。貧賤固易居，貴盛誠難工。
　　士生或不偶，高節追兩龔。世道有隆污，卷舒自不同。萬古
　　先天圖，消長理誰通。懷人今已矣，歎息將焉從。

　　　　披褐守長夜，虛名愧中州。舉杯對明月，顧影念同儔。
　　消中雖有長，四海嗟橫流。不賴固窮節，孰知身世憂。高歌
　　詠停雲，奈此志莫酬。三復淵明詩，邈哉此前修。〔註49〕

　　其三、其五表達了安貧樂道的思想，雖然生活貧苦，但詩人怡然
自樂，堅守志節：

　　　　靜中有真趣，非弦亦非琴。耿耿方寸間，千年有遺音。
　　手植庭下蘭，奇香愜幽尋。獨處誰晤語，有酒還自斟。西山
　　蕨薇多，長往夙所欽。塵跡尚淹留，低佪愧初心。

　　　　顏孫遊聖門，尚思祿可幹。所以後世士，妄生慕榮官。
　　我生初未貧，傳經易朝餐。妻不解啼饑，兒不知號寒。水菽
　　非甘旨，吾親亦怡顏。簞瓢存至樂，不須求抱關。〔註50〕

〔註49〕以上引詩見《默庵集》卷一，第 3a～4b 頁。
〔註50〕以上引詩見《默庵集》卷一，第 3a～4b 頁。

－209－

十二、釋梵琦

釋梵琦（1296～1370），俗姓朱，字楚石，晚號西齋老人，象山（今屬浙江）人。九歲入海鹽天寧寺，十六歲於杭州昭慶寺受具足戒，為臨濟宗楊岐派傳人。歷住杭州報國寺、嘉興本覺寺等。晚年建西齋寺於海鹽，洪武三年，卒於京師天界寺，著有《西齋淨土詩》《楚石集》《楚石梵琦禪師語錄》等。

元代詩僧與文人交往密切，他們經常在一起集會、研佛、寫詩、品茶，留下許多唱和之作。同時，詩僧多居住在名山古剎，風景秀美，陶淵明也成為他們歌詠的對象。釋梵琦有「和陶詩」七首，分別是《和淵明九日閒居詩》《和淵明仲秋有感》《和淵明新蟬詩》《居秦川正月初追念疇昔和遊斜川詩》《和怨詩楚調示龐主簿鄧治中》《中夏示張養元和次胡西曹示顧》《送董國賢任奉化州別駕》。這些詩中，有表達對陶淵明的欽慕的：

閒居愛重九，使我念陶生。但取杯中物，不貪身後名。季秋霜始降，向晚月初明。草際亂蟲語，林梢殘葉聲。疏籬採叢菊，小爵扶衰齡。美酒既滿樽，一吟還一傾。田園自可樂，主衰何足榮。貴賤各有志，好惡吾無情。所以君子懷，悠哉歲功成。〔註51〕（《和淵明九日閒居詩》）

淵明性嗜酒，燭理本昭然。楚調豈懷怨，宋詩猶紀年。明微性有在，造物初無偏。均彼雨露功，異此肥磽田。龐鄧又相知，往來同故廛。論文終朝樂，枕曲竟夜眠。但使名萬古，何須歲三遷。親朋滿中外，圖史散後前。時複寫我懷，陶泓染松煙。悲歌亦不惡，適意期為賢。〔註52〕（《和怨詩楚調示龐主簿鄧治中》）

有表達自己的閒適情感的：

皇天分四時，白露表佳節。最愛潭水清，猶如鏡容徹。蟾蜍出覆沒，絡緯聲欲絕。靜臥深夜起，仰觀眾星列。流水

〔註51〕《全元詩》三十八冊，第338頁。
〔註52〕《全元詩》三十八冊，第413頁。

可嗟吁，附勢非俊傑。身即大患本，愧無長生訣。且餐籬下菊，兼吸杯中月。〔註53〕（《和淵明仲秋有感》）

　　新蟬何處來？鳴我高槐陰。流水欲入屋，好風自開襟。床頭一束書，壁上三尺琴。琴以散哀樂，書以通古今。所幸車馬稀，非邀里人欽。虛名如北斗，有酒不能斟。縱洗爰居耳，寧知鍾鼓音。陶潛初解組，蘇軾未投簪。莫改麋鹿性，常懷煙嶂深。〔註54〕（《和淵明新蟬詩》）

還有一些詩是和友人間的酬唱之作，如《中夏示張養元和次胡西曹示顧》《送董國賢任奉化州別駕》。釋梵琦的「和陶詩」多用陶典故與陶詩意象，整體詩風清雅閒淡。

十三、吳萊

　　吳萊（1297～1340），字立夫，號深嫋山道人，婺州浦江（今屬浙江）人。延祐七年（1320）以《春秋》領鄉薦，但因「論議不合於禮官」未中進士，後退歸田里，潛心讀書著述。死後私諡淵穎先生，著有《淵穎集》十二卷。

　　吳萊《淵穎集》卷四有《和陶淵明詠貧士》七首，和陶詩主旨相仿，主要表現詩人的貧居生活以及安貧守志、不慕榮利的情懷。如《和陶詠貧士》其五：

　　　　人生自沉靜，豈得非意干。宜哉揚執戟，三世不徙官。窮冬無完褐，盡日止一餐。美芹終不獻，晨曝尚餘寒。手種老松樹，蒼然霜雪顏。政爾有佳思，清風吾掩關。〔註55〕

隆冬時節，詩人甚至沒有一件避寒的衣物，一天也只食一餐，生活十分艱辛。但詩人並沒有不滿和抱怨，能夠固守節操、安於貧困。又如《和陶詠貧士》其二：

　　　　大道忽已喪，翻然念義軒。今我去之久，十年躬灌園。

〔註53〕　《全元詩》三十八冊，第338頁。
〔註54〕　《全元詩》三十八冊，第338頁。
〔註55〕　（元）吳萊：《淵穎集》卷四，《四部叢刊》本，第8a頁。

存者耿日月，余如飄風煙。身名易汨沒，文字勤磨研。磨研
何所事，先覺有遺言。楊朱談力命，列子亦稱賢。〔註56〕

面對大道淪喪，詩人選擇避世隱居、躬耕田園。在詩人看來，生命和
聲名易逝，宛如煙霞一樣飄散，而存留下來的道義卻能如日月光輝，
永遠流傳。所以詩人勤於文字著述，希望像古之聖賢一樣傳道於世。
吳萊在詩中還批判了當時追求功名利祿，無人堅守清節的社會現象，
如《和陶詠貧士》其六：

舉世尚馳騖，飄如風中蓬。上書爭眩鬻，言語自稱工。
誰歟持清節，乃見楚兩龔。黃塵隨手掃，白月與心同。有榮
方覺辱，無屈豈求通。誓追遼海鶴，插翅以相從。〔註57〕

世人都在為富貴名利競相奔走，到處誇耀求售，而詩人不與時同，能
夠保持高尚的節操。

在《和陶淵明詠貧士》其七中，詩人記載了自己的人生經歷：

少小負奇志，常思觀九州。垂成捨冠冕，去結巢許儔。
朝餐秋柏實，夕漱醴泉流。長貧士之常，獨往非我憂。求馬
但得骨，尚能千金酬。日望芳草長，毋煩怨靈修。〔註58〕

吳萊從小就有遠大的志向，希望日後有所作為，但在就要成功的時候，
卻放棄了仕進之路。吳萊在延祐七年舉進士不第，歸隱鄉里，從此以
山水為伴。「求馬但得骨，尚能千金酬」，詩人用《戰國策》中燕昭王
求納賢才的典故，暗諷當局者不重視人才。「逢時倘一用，華士非吾
儔。函谷空逐客，傅岩乃旁求」〔註59〕（《和陶詠貧士》其四），吳萊
認為時不我用，這或許是他不願出仕的原因之一。

十四、唐桂芳

唐桂芳（1308～1380），一名唐仲，字仲實，號白雲，歙縣（今
屬安徽）人。早年師從洪焱祖、陳櫟、胡炳文等，至正中薦授崇安縣

〔註56〕《淵穎集》卷四，第 7b 頁。
〔註57〕《淵穎集》卷四，第 8a 頁。
〔註58〕《淵穎集》卷四，第 8a 頁。
〔註59〕《淵穎集》卷四，第 7b 頁。

學教諭，遷南雄路學正。入明，起攝紫陽書院山長，有《白雲集》七卷。

在唐桂芳的《白雲集》中，可以看到很多陶淵明的影子，如「折腰懶似陶彭澤，酒熟松花香滿瓢」〔註60〕（《寄題心遠樓》）、「平生企酒徒，陶潛與王績。支離三醉翁，不假飛空錫」〔註61〕（《答友》）唐桂芳有「和陶詩」一首，《近闢一室扁曰琴書所或者病其湫隘不稱隱者之居也率二兒各和陶詩》：

> 伊予拙生理，頗覺人事疏。驅馳干戈際，始構此室廬。
> 時雨趁東作，既耕仍讀書。投老不願仕，何煩聘安車。兒童
> 喜相報，翠色饒園蔬。雖無八珍味，美酒相與俱。百年戒知
> 足，踰分非良圖。所以謝榮辱，俯仰常晏如。〔註62〕

按：該詩和淵明《讀山海經十三首》其一。

十五、桂德稱

桂德稱，字彥良，慈谿（浙江寧波）人。元至正間知名鄉里。洪武初，待詔公車，以白衣賜宴，除太子正字。後為晉府右傅，改長史。桂德稱有《和陶》一首：

> 我生雖阨窮，牆屋亦苟完。集芳被荷衣，隱居思鶡冠。
> 素無怨懟心，安有憂戚顏。明月照溪堂，清風隱柴關。螺杯
> 偶獨酌，焦尾時一彈。悠悠五噫歌，遠懷梁伯鸞。庭前種梧
> 竹，清秋共高寒。〔註63〕

按：該詩和陶《擬古九首》其五，「清風隱柴關」後疑缺一句，陶詩為「青松夾路生，白雲宿簷端。」

十六、金固

金固（約1328～1384），字守正，號雪厓，新淦（今屬江西）人。

<hr />

〔註60〕　《全元詩》第四十一冊，第 282 頁。
〔註61〕　《全元詩》第四十一冊，第 245 頁。
〔註62〕　《全元詩》第四十一冊，第 242 頁。
〔註63〕　《全元詩》第五十二冊，第 189 頁。

洪武初，郡守聘為郡學訓導，終年五十七歲，今存《雪厓先生詩集》五卷。金固有《雪印上人和陶靖節遊斜川詩效作》一首：

> 掩卷坐日晏，意倦聊復休。緬懷百歲內，曠彼山澤遊。
> 濠梁滅往跡，言詠川上流。出沒俯遊鯈，容與狎翔鷗。塵世
> 寧不悲，瑤臺成古丘。陶潛稱達生，吾豈斯人儔。興來持一
> 觴，自酌還自酬。卓哉東林士，其樂有此不。幸免儋石儲，
> 不為軒冕憂。攝生貴止足，知命復何求。〔註64〕

十七、謝肅

謝肅（1329～1384），字原功，號密庵，上虞（浙江紹興）人。早年與同郡唐肅齊名，並稱「會稽二肅」。至正年間求學於貢師泰，元明之際出遊齊魯晉趙燕魏。明洪武十六年舉明經，歷官福建按察司僉事，不久坐事被逮，死獄中，時年五十六歲，有《密庵集》十卷。

謝肅對陶淵明十分欣賞，在詩歌中屢屢言陶，如「自歸彭澤門前種，敢入華清笛裏吹」〔註65〕（《又賦柳一首》）、「彭澤歸來萬事休，更從何處託風流」（《楊柳枝五首其五》）、「此去綠陰應滿縣，風流元不屬陶家」〔註66〕（《楊柳枝送沈自成之武康縣丞五首》其四）謝肅有「和陶詩」一首，《己酉九日瓜州次陶靖節己酉九日韻》云：

> 廣陵值佳節，遊子欣慨交。閒情日已適，短髮秋自凋。
> 俯愧魚龍蟄，仰慚鴻雁高。落木際遙岸，微雲翳曾霄。豈無
> 沈尊醁，薄慰行路勞。採菊芳洲上，獨酌當金焦。酣來登遠
> 遊，悵望柴桑陶。達人愛重九，從古非一朝。〔註67〕

詩作於洪武二年（1369）年，謝肅南回至瓜洲，在秋日交遊時，心情閒適，見眼前之秋景，聯想到淵明，寫下此詩。

〔註64〕《全元詩》第六十三冊，第179頁。
〔註65〕（元）謝肅：《密庵集》卷一，《四部叢刊》本，第3b頁。
〔註66〕《密庵集》卷五，第12b頁。
〔註67〕《密庵集》卷四，第9b頁。

十八、張暎

張暎，字子暎，祖籍隴西成紀（今屬甘肅），生卒年不詳。張暎有《次韻南屏徵君移居和陶詩二首》：

> 避喧去人群，幽棲得安宅。一壺自斟酌，聊以永今夕。
> 平生觀物心，頗為山水役。忘魚倦垂綸，看雲屢移席。莫嗤
> 徇名徒，抱子當如昔。譬彼蟠木根，非斤詎能折。

> 屏居絕華靡，連林盡書詩。門前有嘉樹，好鳥日所之。
> 忽聞求友聲，動我停雲思。人生百年內，歡會能幾時。桑榆
> 要適性，陶寫當自□。偉哉先達言，豈為後來欺。〔註68〕

第二節　元代「和陶詩」與陶詩的異同

蘇軾開創了和陶的傳統，此後歷代的「和陶詩」，都受到了蘇軾的影響。如郝經《和陶詩序》云：「獨東坡先生遷謫嶺海，盡和淵明詩，既和其意，復和其韻，追和之作自此始。」即指出東坡開創「和陶」之風的事實。蘇軾和陶，是借陶澆灌心中之塊壘，他的「和陶詩」在思想內容與藝術風格上並不與陶詩完全一致，這種觀點得到後代詩論家的普遍認可。正如劉克莊在《宋吉甫和陶詩》中所說：「和陶自二蘇公始，然士之生世，鮮不以榮辱得喪撓敗其天真者。淵明一生，惟在彭澤八十餘日涉世故，余皆高枕北窗之日。無榮惡乎辱？無得惡乎喪？此其所以為絕倡而寡和也。二蘇公則不然，方其得意也，為執政，為侍從，及其失意也，至下獄過嶺，晚更憂患，始有和陶之作。二公雖惓惓於淵明，未知淵明果印可否？」〔註69〕劉克莊認為，淵明詩之所以「絕倡而寡和」，是因為他的人生經歷所致，陶淵明一生鮮有大榮大得，也不在乎榮辱得失，所以才成就了他自然真淳的詩風。後世和陶者不能像陶淵明一樣以超然的態度對

〔註68〕《全元詩》六十六冊，第 470 頁。
〔註69〕（宋）劉克莊著，辛更儒校注：《劉克莊集箋校》卷一〇一，中華書局 2011 年版，第 4230～4231 頁。

待榮辱得失，他們的出處態度不同，所以與陶詩的風格也有差異。元代和陶詩人繼承了蘇軾和陶之路數，一方面和陶原意，模仿陶詩風格，一方面又在「和陶詩」中融入個人的情感與思想，表現出同中有異，異中存同的特點。

一、在思想傾向上的異同

陶淵明生活在晉宋之際，當時政治黑暗，社會動盪，陶淵明「性剛才拙，與物多忤」，又不願「為五斗米而折腰」，所以毅然辭官歸隱，從此過上了躬耕田園的生活。元代詩人生活的時代與陶淵明有相似之處，蒙元統治下的吏治腐朽不堪，社會矛盾尖銳，文人社會地位低下，又仕進無門，許多人便傚仿陶淵明隱入山林，或從事農耕或教授生徒，以維持生計。元代文人與陶淵明面臨著相似的時代背景，這也是他們進行「和陶詩」創作的客觀因素。但元代「和陶詩」表現出來的思想傾向，與陶詩存在著差異。

陶淵明一生五次出仕，最後一次因「不為五斗米折腰」，毅然掛印而去，這是陶淵明歸隱的客觀原因。促使他辭官的內在原因，可以從他的詩中尋找答案，如《歸園田居》其一云：「少無適俗韻，性本愛丘山。誤落塵網中，一去三十年。羈鳥戀舊林，池魚思故淵。開荒南野際，守拙歸園田」，可見，愛好自然、不願流俗的性格是他歸隱田園的根本原因。在他的詩中，隨處可見他對自然的熱愛，對回歸的渴望，如「江山豈不險，歸子念前塗」（《庚子歲五月中從都還阻風於規林二首》其一）、「靜念園林好，人間良可辭」（《庚子歲五月中從都還阻風於規林二首》其二）、「園田日夢想，安得久離析」（《乙巳歲三月為建威參軍使都經錢溪一首》）。他歸隱田園之後，充分體會到了田園之樂，如「雖有荷鋤倦，濁酒聊自適」（《歸園田居六首》其六）、「歡然酌春酒，摘我園中蔬。微雨從東來，好風與之俱」（《讀〈山海經〉十三首》其一）、「採菊東籬下，悠然望南山。山氣日夕佳，飛鳥相與還」（《飲酒二十首》其五），這些詩流露出了詩人對田園生活的真摯熱愛。陶

淵明的隱居是真隱，不為沽名釣譽，也並非將隱居當作終南捷徑，歸隱田園之於陶淵明，是精神上的閒逸、心靈上的安寧。

元代的和陶詩人，很多是遺民和隱士，他們之所以遁入山林，並非如陶淵明一般「質性自然」，更多的是迫於生存壓力，將隱逸當作一種人生選擇，以便保全自我。同時，他們接受「無道則隱」的儒家思想，傚仿陶淵明在山水田園中塑造自我人格，用以表達采薇之志，彰顯高尚的節操。如，劉因的歸隱原因與陶淵明有所不同，劉因在青年時代就志向高遠，有濟世之心：「駆幼有大志，早遊翰墨場」（《呈保定諸公》）、「頭上無繩繫白日，胸中有石補青天。」（《除夕》）他也懷抱著滿腔熱忱，希望在仕途有所作為。但後來他看到元廷政治的黑暗與吏治的混亂之後，認識到朝廷徵召並非重視人才，不過是為了得到一個禮賢下士的好名聲，用他們來裝點門面罷了。意識到自己的抱負無法得到施展，便拒絕了朝廷的延聘。陶宗儀《南村輟耕錄》記載：「至元二十年，徵劉先生至，以為贊善大夫，未幾，辭去。又召為集賢學士，復以疾辭。或問之，乃曰：『不如此，則道不尊』。」〔註70〕劉因用「道不尊」作答，表明了他的態度。於是他回鄉隱居授徒，從另一條道路踐行著作為儒生的責任。還有一些文人在國家滅亡之後選擇隱入山林、保全自身，如戴表元和仇遠。一方面他們對故國懷有感情，在詩歌中常常流露出家國之思：「窮居念還住，故物悉已非」（戴表元《次韻答朱侯招遊海山》）、「十載舊蹤時入夢，畫船多處看傾城。」（仇遠《湖上值雨》）另一方面他們又不堪隱居生活之苦，迫於生計去做學官下吏，「後世恥躬耕，號呼脫飢寒」（戴表元《和陶淵明詠貧士七首》其五）、「干祿本為貧，元非慕輕肥」（仇遠《予久客思歸》其十一），他們為了果腹而放棄作為士人的節操，心態也更加複雜。戴良的隱居，則是出於對故國的忠節。他以遺民自居，義不仕明，變換姓名隱於四明山中。他詠陶、和陶，是把陶淵明當作一位不

〔註70〕　（元）陶宗儀：《南村輟耕錄》卷二，中華書局1959年版，第21頁。

事二朝的義士看待。安熙也終身不仕，居家教授弟子，傳播儒學。可以說，元代文人的歸隱，或是為了彰顯節操，或是為了保全求生，或是追求一種生活方式，與陶淵明的歸隱有質的不同。

陶詩與「和陶詩」都寫田園生活，表現出對隱居與勞動的熱愛。如陶淵明的《歸園田居五首》《丙辰歲八月中於下潠田舍獲》《移居二首》《癸卯歲始春懷古田舍》等，這些詩歌真實地反映了詩人的田居生活與躬耕勞作的苦辛，如《歸園田居六首》其三：「晨興理荒穢，帶月荷鋤歸。道狹草木長，夕露沾我衣。」呈現在我們眼前的是一個扛著鋤頭的老農形象，只有真正投入到勞動中才能寫出來如此有畫面感的詩句。又如《歸園田居》其二：「時復墟曲中，披草共來往。相見無雜言，但道桑麻長。」寫出了鄰里之間交談農事的生活場景，十分真實。又如「曖曖遠人村，依依墟里煙」、「茅茨已就治，新疇復應畬」等詩句，描繪出了一幅恬然寧靜的鄉村風光，可以看出陶淵明對田園生活由衷的喜愛。

在元代和陶詩人筆下，也有對田居生活的描繪，如郝經「幽人競卜鄰，聯落崎阻間。竹木茅舍邊，桑麻橘籬前」（《歸園田居六首》其一）、「綠竹掃山色，奇木近千株。鄰舍幾父老，話言皆純如」（《歸園田居六首》其三），亦寫出了秀美的田園風光與淳樸的鄰里關係，與陶詩十分相似。但是郝經畢竟沒有農耕勞作的經歷，所以在他的筆下，只有田園風光而沒有勞作場景。劉因在辭官之後以教書為生，生活艱難：「十年小學師，一屋荒城隅。飢寒吾自可，畜養無一途」（《和飲酒二十首》其十）、「衾裯一飽計，何暇謀寒衣？經過米麥市，自顧還自悲。」（《和有會而作》）在他的詩中，少了陶淵明的田園之趣，更多的是面對困頓生活的悲涼與無奈。元代很多和陶詩人抒發貧居生活的無奈，如方回《和陶淵明飲酒二十首》其十三云：「百憂無一樂，可醉不可醒。寒風頗欲霜，縫補闕袍領。」戴良《和陶淵明詠貧士七首》其四云：「時秋屬收斂，此願竟莫酬。自余逢家乏，歲月幾環周。」缺少陶淵明的平和寧靜，顯露出抑鬱之氣。正如戴表元在和陶《詠貧士》

其五中所說：「後世恥躬耕，號呼脫飢寒。我生千祀後，念此愧在顏。」在元代通過躬耕勞作不能夠滿足溫飽，所以元代文人以躬耕為恥，自然在詩歌中表現不出陶淵明那樣的況味來。雖然陶淵明也言勞動之苦：「田家豈不苦，弗獲辭此難。」（《庚戌歲九月中於西田獲早稻》）但這是他從自己的親身經歷中得來的，而且他還說「人生歸有道，衣食固其端。孰是都不營，而以求自安」（《庚戌歲九月中於西田獲早稻》），認識到了勞動的價值與意義，他能夠固窮安貧，主動、積極地擁抱田園生活。而元代大部分文人徘徊在仕隱之間，他們中的一些人不堪生活之苦，就委身去做一些級別較低的學官下吏，這與陶淵明的精神境界存在著明顯的差距。

　　陶淵明有許多詠史詩，表達了對先賢往哲的仰慕之情，既包括志行高潔的隱士，又包括「君子死知己」的英雄，都是陶淵明歌詠的對象。如《庚戌歲九月中於西田獲早稻》云：「遙遙沮溺心，千載乃相關。」表達了對楚國兩位隱士長沮、桀溺的崇敬之情；《詠二疏》云：「誰云其人亡，久而道彌著。」是對漢宣帝時疏廣、疏受叔侄二人功成身退、知足不辱的稱讚；《詠三良》云：「臨穴罔惟疑，投義志攸希。荊棘籠高墳，黃鳥聲正悲。」是對子車氏三子奄息、仲行、鍼虎忠誠為主、不惜殉葬的詠歎。尤其是在《詠荊軻》詩中，陶淵明通過生動的語言，刻畫出了一個追求正義、俠肝義膽的英雄形象：

　　　　燕丹善養士，志在報強嬴。招集百夫良，歲暮得荊卿。君子死知己，提劍出燕京。素驥鳴廣陌，慷慨送我行。雄髮指危冠，猛氣沖長纓。飲餞易水上，四座列群英。漸離擊悲築，宋意唱高聲。蕭蕭哀風逝，淡淡寒波生。商音更流涕，羽奏壯士驚。公知去不歸，且有後世名。登車何時顧，飛蓋入秦庭。凌厲越萬里，逶迤過千城。圖窮事自至，豪主正怔營。惜哉劍術疏，奇功遂不成。其人雖已沒，千載有餘情。
〔註71〕

〔註71〕　《陶淵明集箋注》，第 267～268 頁。

「惜哉劍術疏，奇功遂不成」，他對荊軻刺秦失敗表示深深的歎息；「其人雖已沒，千載有餘情」，對荊軻的正義之舉高度讚賞。蔣薰評此詩：「摹寫荊軻出燕入秦，悲壯淋漓。知尋陽之隱，未嘗無意奇功，奈不逢會耳，先生心事逼露如此。」〔註72〕這也是陶淵明「金剛怒目式」的代表作品。

在元人的「和陶詩」中，也有許多表達對先賢往哲稱讚的詩，尤其是對那些貧士，在詩中屢屢提及，如劉因的「珍重顏樂功，先賢重剖析」（《和移居二首》其一），郝經的「冠蓋不與賜，屢空獨稱顏」（《詠貧士七首》其五），都表達了對顏回的追思。吳萊的「誰歟持清節，乃見楚兩龔。黃塵隨手掃，白月與心同」（《和陶詠貧士》其六）、「垂成捨冠冕，去結巢許儔」（《和陶詠貧士》其七），戴良的「昔在黃子廉，彈冠佐名州。一朝辭吏歸，清貧略難儔」（《詠貧士七首》其七），是對巢父、許由，漢之兩龔、黃子廉等品格高潔之人的稱頌。對有些歷史人物，元人與陶淵明的看法卻不盡相同。如郝經與劉因都有對《詠荊軻》的追和，然而主旨思想卻與陶詩相反。郝經對刺秦持否定態度，他認為燕國離秦國最遠，國家的基業很穩定，不應該招來荊軻去刺秦。殺了秦王嬴政，還是會有另一位「秦王」出現，表現出了進步的歷史觀。劉因也不贊成刺秦的行為，認為九國之兵不敵秦國，一是師出無名，二是抵抗的決心不夠堅定，常常割地求和，三是沒有施行仁政、發動人民來共同抗秦，最終導致了失敗。可以說，劉因的認識很深刻，抓住了問題的本質。

郝經《詠二疏》一詩，與陶淵明觀點也不同。在陶詩中，疏廣、疏受叔侄位居高位，知道功遂身退的道理，主動請求告老還鄉，聖主嘉許，得以終養天年。而在郝經的和詩中，二疏卻是因懼禍上身：「未幾太子立，果然殺蕭傳。嗟嗟二大夫，灼見夷險路。」所以要告歸鄉里。陶詩中漢宣帝是一位明君的形象，而在郝經詩中，「宣帝亦寡恩」，成了一個嗜殺的暴君，與陶詩所寫正好相反。

〔註72〕《陶淵明集箋注》，第 271 頁。

　　王瑤先生說：「以酒大量地寫入詩，使詩中幾乎篇篇有酒的，確以淵明為第一人。……陶淵明，卻把酒和詩直接聯繫起來了，從此酒和文學發生了更密切的關係。」〔註73〕陶淵明喜愛飲酒，他在《五柳先生傳》中說：「性嗜酒，家貧不能常得」，從一個「嗜」字可以看出他對酒的喜愛之深，在《飲酒二十首》序中又說：「偶有名酒，無夕不飲。顧影獨盡，忽焉復醉。既醉之後，輒題數句自娛。」他是以詩酒為樂。在陶淵明的詩中隨處可見他寫飲酒，如《讀山海經》其一云：「歡然酌春酒，摘我園中蔬。」表現了飲酒時的怡然自樂；《移居二首》其二云：「過門更相呼，有酒斟酌之。」寫與村鄰居父老歡欣共飲，充滿親切感、人情味；《雜詩》其二云：「欲言無予和，揮杯勸孤影。」借飲酒排遣孤獨寂寞；《遊斜川》云：「中觴縱遙情，忘彼千載憂。」《飲酒二十首》其七云：「汎此忘憂物，遠我遺世情。」飲酒可以讓人遠離世俗的煩擾，達到超脫的境界。此外，陶淵明還深得酒中真趣，以沖淡平和的詩句將飲酒的趣味表達出來，充滿哲理，耐人尋味：

　　　　　試酌百情遠，重觴忽忘天。天豈去此哉，任真無所先。
　　（《連雨獨飲》）

　　　　　不覺知有我，安知物為貴。悠悠迷所留，酒中有深味。
　　（《飲酒二十首》其十四）

在沉醉的世界裏，詩人百情俱遠，世事皆拋，彷彿一切得失利害都不復存在，達到了物我兩忘、淡泊超脫的人生境界，讓我們體味到了陶淵明在飲酒中的任真自然。陶淵明對於飲酒，已達到極高的境界。

　　在元代和陶詩人筆下，酒也是經常出現的意象，他們寫飲酒，往往是借酒澆愁，呈現出與陶詩不同的風貌。郝經在「和陶詩」中多寫痛飲、縱飲，如「痛飲忘形骸，物我兩不疑」（《飲酒》其一）、「痛飲登平嵩，醉眼高昂昂」（《擬古九首》其四）、「百川飲長鯨，千觚都一

〔註73〕王瑤：《中古文學史論》，北京大學出版社 1998 年版，第 184 頁。

傾」(《飲酒》其六)，從上詩可以看出，郝經但求一醉，之所以如此，是因為痛飲成為郝經排遣痛苦的主要途徑。長期被羈押，失去了人身自由而又自救無門的郝經，內心充滿了苦悶、失落：「醉鄉總直道，世路曲如弓。」(《飲酒》其十七)在美好的醉鄉之下潛藏著詩人無盡的憤懣與愁緒，酒成為拯救他痛苦靈魂的一劑良藥。郝經之飲酒，主要是為了擺脫精神的苦悶，排遣憂愁，與陶淵明識得酒中真趣是有明顯差異的。

方回、戴良等人的詩中也經常表現痛飲的景象：

> 昔健酒易得，痛飲倚妙齡。(方回《九日用淵明韻二首》其一)

> 一飲盡千山，枯株彼何為？(劉因《和飲酒二十首》其八)

> 當時不痛飲，為事亦徒勤。(戴良《和陶淵明飲酒二十首》其二十)

這些和陶詩人還在酒中寄託了對人生前途充滿憂患的思想：「得酒且歡喜，誰能保來朝」(王惲《九日和淵明詩韻》)、「前途勿複道，有酒且勤置。」(方夔《和淵明雜詩奈何五十年韻》)既然人生艱難，前途渺茫，所以他們都抱著及時行樂、有酒且飲的思想。又如「百年都幾何，不飲安用生」(郝經《飲酒》其六)、「遷化每如此，不飲真可惜」(方回《和陶淵明飲酒二十首》其十五)、「若復不醉飲，此生端足惜」(戴良《和陶淵明飲酒二十首》其十五)，我們從中看不出飲酒帶來的樂趣，酒成了他們忘卻世事、麻痹自我的工具。

劉中文指出：「陶淵明生活在動盪而富於哲學思辨的時代，躬耕田園的生存方式是他對宇宙、社會、自我進行深邃的哲學思辨後所作的一種睿智的選擇。他超脫曠放、閒逸自樂、執著於現實而又超越現實的生活態度與人生姿態，蘊含著深厚真樸的玄學精神，委運任化、順應自然、回歸自然、物我冥合，所以陶淵明能夠超越功名、榮利、生死、自我，進入高遠、曠達、玄淡、靜穆、執著的人生境

界。」〔註74〕元代的很多隱士並非真隱，他們無法像陶淵明一樣安於貧困，捨棄不了對功名利祿的追求，他們更多是將隱逸當作逃避災禍、保全自我的一種方式，所以注定無法達到陶淵明超脫曠達、悠然忘世的精神境界。

二、在藝術風格上的異同

陶詩之美，美在自然平淡，就語言層面而言，是不假雕飾，質樸無華，其實質卻是極盡詞采的純淨省潔之美；就境界韻味而言，它是一種平和淡泊、超脫曠達、與自然合一的精神境界的自然流露，表現為寧靜平淡之美。〔註75〕陶淵明筆下的農村生活和田園風光本是最普通不過的物象，春種秋收、日出而作、日落而息，但陶淵明能夠把自己的感受融入進去，並形之於詩，充滿韻味。如《歸園田居》其三：

種豆南山下，草盛豆苗稀。晨興理荒穢，帶月荷鋤歸。

道狹草木長，夕露沾我衣。衣沾不足惜，但使願無違。〔註76〕

詩人早起去南山下的豆田裏除草，晚上扛著鋤頭還家，此時小路兩邊的野草上已生出了露水，沾濕了他的衣服，但他並不在意，因為他熱愛這樣的生活。陶淵明把農村生活帶到了詩裏，只有親身勞動過才能有這種體會，詩歌平淡之極，卻又韻味無窮。又如《移居》其一：

昔欲居南村，非為卜其宅。聞多素心人，樂與數晨夕。

懷此頗有年，今日從茲役。弊廬何必廣，取足蔽床席。鄰曲

時時來，抗言談在昔。奇文共欣賞，疑義相與析。〔註77〕

詩人念想南村這個地方，不是因為這裡的房宅好，而是因為這裡的人心地純潔，淡泊無欲。鄰居們時常來往，大家一起談天論文，關係十分融洽。他在詩中對田園生活的描繪還有很多，如「相見無雜

〔註74〕劉中文：《唐代陶淵明接受研究》，中國社會科學出版社2006年版，第221頁。

〔註75〕李成文：《宋元之際詩歌研究》，2006年南京大學博士論文，第151頁。

〔註76〕《陶淵明集箋注》，第59頁。

〔註77〕《陶淵明集箋注》，第91頁。

言,但道桑麻長」(《歸園田居》其二)、「漉我新熟酒,隻雞招近局」(《歸園田居》其五)、「農務各自歸,閑暇輒相思。相思則披衣,言笑無厭時」(《移居》其二),陶淵明用他的田家之語,對農村生活娓娓道來,自然親切。正因為陶淵明已經擺脫了功名利祿等俗物的羈絆,達到與自然的天人合一之境,他的詩才有如此沖淡寧靜、玄遠深邈的境界。

　　元代和陶詩人自覺追求陶詩的平淡詩風,許多詩歌寫得沖淡有味,頗似陶詩。如郝經《歸園田居六首》其四:

好山無俗人,林泉有真娛。種秫足自釀,高下開荒墟。清溪侵古屋,況有高賢居。綠竹掃山色,奇木近千株。鄰舍幾父老,話言皆純如。相見即痛飲,甕盎傾無餘。酒酣藉月臥,清興欲凌虛。云誰知此樂,此樂世間無。〔註78〕

詩人描寫了住宅的清幽環境,有綠竹、奇木環繞,蒼蒼山色就在眼前。他周圍的鄰居都是心地淳樸的人,大家聚在一起常常開懷暢飲,喝醉了就在月光下酣然睡去,真是世間少有的快樂。但細品之下,郝經的詩歌不如陶詩樸拙,如「清溪侵古屋」之「侵」,「綠竹掃山色」之「掃」,「酒酣藉月臥,清興欲凌虛」語,似有雕琢痕跡,缺少陶詩平淡的韻味。又如「三春牡丹雨,十月梅花煙」(《歸園田居六首》其一)、「嵐光上晨曦,秀色宜日夕」(《歸園田居六首》其六)、「佳時動幽懷,晏景催短齡」(《九日閑居》)等句,講究鍊字,精工細膩,自然不足。

　　郝經的「和陶詩」作於被羈儀真館期間,他的內心充滿憤懣、失落、悔恨等複雜的情感,表現在他的「和陶詩」中,呈現出悲慨沉鬱的詩風,如《飲酒》其三:

道在杯杓中,有物都無情。一醉還天藏,豈將飲為名。嗟嗟罜羈人,勞勞失此生。自著徽墨纏,仍因寵辱驚。枯腸歸高岡,渴死竟何成。〔註79〕

〔註78〕 《郝文忠公陵川文集》卷七,第 1a～1b 頁。
〔註79〕 《郝文忠公陵川文集》卷七,第 7b 頁。

郝經羈留異國，與外界斷絕了聯繫，「嗟嗟纍羈人，勞勞失此生」，寫盡了內心的孤獨愁苦。他的「和陶詩」中常常出現「羈」字：「羈魂重凌競，枯腸謾縈紆」（《始作鎮軍參軍經曲阿》）、「鶗鳥暗不鳴，羈鴻斂雲翮」（《乙巳歲三月為建威參軍使都經錢溪》）、「一從入縶羈，趑趄寧復然」（《歸園田居六首》其一）、「舍館極羈留，感秋尤思歸」（《於王撫軍坐送客秋夕遣懷》），表現了詩人失去自由的孤獨寂寞。他還常常用「悲」「憂」等字眼來表達自己的心情，如「嘯歌和淵明，慨歎有餘悲」（《和胡西曹示顧賊曹》）、「蔓草上階除，委碧生恨悲」（《還舊居庭草》）、「終下輪臺詔，愴然徒傷悲」（《飲酒》其四）、「殷憂有時窮，今夕是何年」（《歲暮和張常侍》）、「久客未還反，殷憂徒多端」（《庚戌歲九月中於西田獲早稻芙蓉》）、「南來增殷憂，從此酒止矣」（《止酒》），這些都是他被羈時內心的真實感受，所以在郝經的「和陶詩」中，有一股悲慨沉鬱之氣。

　　方回在宋元易代之際，屈己投降，這成為他人生的一大污點，也是其內心抹不去的傷痛。他在「和陶詩」中表達了對往昔的追悔，如《和陶淵明飲酒二十首》其三：

　　　　立功亦云可，於世能無情。屈體喪厥節，寧若埋我名。
　　極不過餒死，餒死勝飽生。是翁醉中語，細味足歎驚。寄奴
　　復典午，吾其無目成。〔註80〕

想起降元事件，方回內心充滿了屈辱感，讓他覺得與其苟活於世還不如殺身成仁。方回遭到世人的非議，他一直耿耿於懷，到晚年都無法解脫。又如《和陶淵明飲酒二十首》其十九：

　　　　氣豪心未平，三已復三仕。毫髮志不伸，所至但屈己。
　　屢觸灸眉怒，詎肯折腰恥。七年困江國，脫身走故里。欲著
　　藏山書，實錄立傳紀。往事邈難問，毫簡遽云止。不如一杯
　　酒，此亦焉足恃。〔註81〕

〔註80〕　《桐江續集》卷五，第21a～21b頁。
〔註81〕　《桐江續集》卷五，第24b頁。

方回一生熱衷於仕途，到頭來卻落得有志不伸、屈己事人的下場。回憶過去，他屢觸眉怒、但折腰恥，詩中呈現出抑鬱不平之氣。方回推崇陶淵明，但陶淵明的風骨氣節，陶詩平淡外表下的豪放之美，是方回所缺少的。

作為理學家的劉因在「和陶詩」裏融入對歷史、蒼生的思考，所以他的和陶多了幾分理趣，少了幾分自然真純。如《和詠貧士七首》其七：

> 生類各有宜，風氣異九州。易地必衰焠，蓋因不同儔。
> 水物困平陸，清魚死濁流。麟亡回既夭，時也跖無憂。天亦
> 無奈何，自獻敢望酬。寄語陶淵明，雖貧當進修。〔註82〕

「易地必衰焠，蓋因不同儔。水物困平陸，清魚死濁流」，劉因善於從那些看似平常的生活現象之中總結出哲理。

戴良作為元代遺民，堅守氣節，躲入山林之中逃避朝廷的徵辟。他並非沒有用世的志向，只不過忠節思想使他恥於做出貳臣的行為，所以在他的心裏一直存在著不可調和的矛盾。如《和陶淵明飲酒二十首》其十一：

> 我如北塞駒，困此東南道。有力不獲騁，長鳴至於老。
> 苒苒陰陽移，萬物遞榮槁。既無騰化術，此身豈長好。一朝
> 委運往，恐遂失吾寶。何當攜曲生，縱浪遊八表。〔註83〕

詩人就如同一匹日行千里的良駒，但無奈被困於一隅，無法奮蹄疾馳，只能哀鳴著默默老去。戴良感慨生不逢時，鬱鬱不得志的悲憤情緒表露無遺。

陶淵明的詩歌之所以能有沖淡平和的境界，與他曠達超穎的胸懷與樂天知命的態度是分不開的，他能夠與客觀外物融而為一，在尋常的生活中發現美的存在。對於田園生活，陶淵明不是一個欣賞者、旁觀者，而是浸入其中的參與者，與田園生活融為一體，所以

〔註82〕《靜修先生文集》卷三，第 9a 頁。
〔註83〕《九靈山房集》卷二十四，第 177 頁。

他能夠感受到田園之美，詩中能夠呈現出悠閒自得之樂。但元代的很多和陶詩人則不同，他們徘徊於名利的追求與節操的持守之間，不能完全擺脫世俗功利的束縛，無法達到陶淵明那種遺世獨立的精神境界。元代「和陶詩」是借用陶體，翻為新聲，他們借和陶調節內心的矛盾，實現心靈的自適。

　　劉克莊在《魏司理定清梅百詠》中說：「作詩難，和詩尤難。語意相犯一難也，趁韻二難也。惟意高者不蹈襲，料多者不拘窘。」〔註84〕劉克莊認為和詩難作，一是因為和詩的語意不能和原詩完全一樣，二是因為要押原詩韻，只有那些立意高遠、學養深厚的人才能完成得好。柴望《和歸去來辭》云：「陶靖節辭，豈易和哉？《歸去》一篇，悠然自得之趣也，無其趣，和其辭，辭而已。坡仙之作，皆寓所寓，各適其適，有趣焉，不為辭也。余動心忍性，於歸田之後，視得喪榮辱，若將渙焉。暇日趺坐柳陰，吟詠陶作，與灘聲風籟，互相應答，知山水之樂，不知聲利之為役也。悟而得焉，遂和其韻。」〔註85〕柴望也認為和陶詩不易，和陶者要識得陶淵明悠然自得之趣，不然就只能和其表面，無法得其真髓。劉岳申《張文先詩序》云：「故言詩者曰陶韋而和陶效韋。高者不過自道，下者乃為效顰。」〔註86〕朱右《西齋和陶詩序》云：「陶淵明當晉祚將衰，欲仕則出，一不獲志，則幡然隱去，夫豈有患得失之意與？故其發於言也，情而不肆，澹而不枯。後之人雖極力傚效而不可得，趣不同也。蘇子瞻方得志為政，固未始尚友淵明，逮其失意，中更憂患，乃有和陶之作，豈其情也耶？」〔註87〕從以上評論可以看出，「和陶詩」是一種很難的詩歌創作，一方面要趁韻，但會限製詩人自由發揮的空間，另一方面還不能蹈襲原詩意，落入窠臼。

〔註84〕　（宋）劉克莊：《後村先生大全集》卷一百九，《四部叢刊》本。

〔註85〕　傅璇琮、程章燦主編：《宋才子傳箋證》，《柴望傳》，遼海出版社2011年版，第683頁。

〔註86〕　（宋）劉岳申：《申齋集》，臺灣商務印書館1986年版，影印文淵閣四庫全書本，第1204冊，第180～181頁。

〔註87〕　《全元文》卷一五四七，第五十冊，第529～530頁。

　　客觀地講，元代「和陶詩」的整體藝術成就並不算很高，但我們不能因此而否定「和陶詩」，因為在詩歌藝術層面之外，和陶行為的現實功能更加突出，元代文人通過「和陶詩」創作，表現了對陶淵明理想人格操守的追求，對隱逸生活的嚮往，對平淡詩風的欣賞等。通過與元代和陶詩人的對比閱讀，可以更清晰地感受到陶詩的藝術魅力，其平淡中蘊含至味的詩風，是他人難以達到的。自宋以後，代代追和淵明，其意義遠遠超出了文學史的範疇，被賦予了更加深厚和廣闊的內蘊，表明陶淵明作為一個回歸自然，回歸自我的文化符號，被歷代詩人不斷地予以強化，陶淵明其人其詩也在中國文學史、文化史上具有永恆的價值。

第三節　元代詩人和陶原因分析

一、元代社會與文人心態

　　蒙古族始源於古代望建河（今額爾古納河）一帶，是我國北方的一個游牧部落，世代過著「逐水草而居」的游牧生活。宋紹興三十二年（1162），在漠北草原的翰難河畔，一個嬰孩出生了，他就是日後統一了蒙古各部落，帶領蒙古鐵騎橫掃歐亞大陸的孛兒只斤・鐵木真，被蒙古人民尊稱為「成吉思汗」。宋開禧二年（1206），鐵木真被推選為全蒙古的首領，建立了奴隸制的蒙古國。鐵木真開始對南方富庶的大國發動戰爭，1205～1207 年間，他率軍六伐西夏，迫使西夏降服稱臣；宋嘉定四年（1211），鐵木真又揮師南下，開始征伐金國，一路攻城略地。到宋嘉定七年（1214），金朝向蒙古國納貢求和，並把都城從中都（今北京）遷往汴京（今開封）。宋寶慶三年（1227），鐵木真在攻打西夏時抱病身亡，其子窩闊台繼承汗位，繼續伐金，並於宋端平元年（1234）滅金，統一了北方。窩闊台卒後，蒙哥汗於宋淳祐十一年（1251）即位，繼續對外征伐，一方面向西遠征至敘利亞、埃及，另一方面繼續攻打南宋，並於 1259 年死

於合州的釣魚城下。忽必烈即位後以「中統」作年號，並於中統五年（1264）改元至元。至元八年（1271）建國號「大元」，元朝正式建立。至元十六年（1279），經過崖山海戰，元滅南宋，華夏大地第一次完全被異族統治。

　　大一統的元朝是建立在連年的征伐戰爭與血腥屠殺基礎之上，在與金國數十載的戰爭中，對北方地區的社會經濟帶來極大的破壞。據文獻記載：「凡二十餘年，數千里間，人民殺戮幾盡，其存者以戶口計，千百不一餘。」〔註88〕蒙古鐵騎所到之處，「馬蹄所及，則金蕩虀粉，兵刃之所臨，則人物劫灰。變谷為陵，視南成北。比屋被誅，十門九絕。子身不免，萬無一存。漏誅殘喘者，孤苦伶仃；覆宗絕嗣者，窮年索寞」〔註89〕。蒙古軍隊的燒殺搶掠使北方地區城市盡毀，人口銳減，民生惟艱。北方廣大百姓紛紛南遷，出現了「禛祐南遷」這一大規模人口遷移的情況。南方地區的經濟狀況也受到戰爭的巨大影響，北方在元軍南下攻宋時，「財貨子女則入於軍官，壯士巨族則殄於鋒刃；一縣叛則一縣蕩為灰燼，一州叛則一州莽為丘墟」〔註90〕。又如「右丞阿塔海分帥銳師以出，渡淮至中流，皆殊死戰，宋軍大潰，追數十里，斬首數千級」〔註91〕，由於戰火焚燒，殺戮嚴重，元軍所到之處人口逃竄、死亡極多。據統計，由末、金至元初，南方人口減少了2000餘萬人，北方減少了3300萬。〔註92〕人口的銳減造成大片土地無人耕種，農業生產遭到嚴重的破壞。生活在這一時期的文人，一方面在身體上遭受著諸多苦難，不得不痛別故土過著顛沛流離的生活，另一方面在心理上遭到巨大的打擊，面對著華夏文明的崩潰，他

〔註88〕　（元）劉因：《武強尉孫君墓誌銘》，見《靜修集》卷九，臺北商務印書館1983年版，第555頁。

〔註89〕　（元）姬志真：《鄢陵縣黃籙大齋之碑》，見《知常先生雲山集》卷四，書目文獻出版社1991年版，第91冊。

〔註90〕　（元）胡祗遹：《民間疾苦狀》，見《紫山先生大全集》卷二二。

〔註91〕　《元史》卷一三五，第3274頁。

〔註92〕　蕭啟慶：《元代的族群文化與科舉》，聯經出版事業股份有限公司2008年版，第16頁。

們在精神上產生巨大的幻滅感，內心充滿了痛苦與憤恨，在詩歌裏不
斷抒發著故國之思與亡國之痛：

> 夢中亦覺長安遠，回首關河淚滿襟。（麻革《廬山兵後
> 得房希白書知弟謙消息》）〔註93〕

> 吳地繁華半劫灰，故山秋遠夢頻回。（林景熙《寄葛秋
> 巖》）〔註94〕

> 複道垂楊草欲交，武林無樹著凌霄。野猿引子移來住，
> 覆盡花枝翡翠巢。（謝翱《重過》其一）〔註95〕

> 世事茫茫今古同，人生無奈落西東。幾年羈旅雁聲裏，
> 千里家鄉蝶夢中。（劉秉忠《遣懷》）〔註96〕

詩人們用淚與夢書寫著對故國的憑弔，對逝去歲月的懷想，抒發著黍
離麥秀之悲，國破家亡之痛。面對山河破碎，國之不存，無奈、恐懼、
憤恨、空虛等種種情感交織在一起，構成了文人在喪亂之際的普遍心
態。

這一時期，許多文人紛紛隱入山林，尋找一個遠離塵俗、與自然
融為一體的棲身之地。隱逸的目的，既可以表現不仕二朝的氣節，又
可以保全自己，是在特殊時代背景下的一種生存方式。一些遺民高歌
歸去來兮，表達對隱逸生活的嚮往，在秀美的山水風光中來安慰自我：

> 老我無心出市朝，東風林壑自逍遙。（連文鳳《春日田
> 園雜興》）〔註97〕

> 偶來竹寺看山坐，閒聽清溪繞舍鳴。（麻革《竹林院同
> 張之純賦》其二）〔註98〕

〔註93〕 （元）房祺編：《河汾諸老詩集》卷一，中華書局1985年版，第16頁。
〔註94〕 （宋）林景熙：《霽山集》卷一，中華書局1960年版，第5頁。
〔註95〕 （宋）謝翱：《晞髮遺集》卷上，影印《文淵閣四庫全書》1188冊，
　　　　第1頁。
〔註96〕 （元）劉秉忠撰，李昕太等點注：《藏春集點注》卷三，花山文藝出
　　　　版社1993年版，第204頁。
〔註97〕 （宋）吳渭編：《月泉吟社詩》，中華書局1985年版，第1頁。
〔註98〕 （元）房祺編：《河汾諸老詩集》卷一，中華書局1985年版，第20
　　　　頁。

尋得桃源好避秦，桃紅又是一年春。花飛莫遣隨流水，
怕有漁郎來問津。（謝枋得《慶全庵桃花》）〔註99〕

笑指田園歸去，門前五柳春風。（李俊民《淵明歸去來
圖》）〔註100〕

也學那陶潛，籬我些菊，依他杜甫，園種些蔬。（蔣捷
《沁園春‧為老人書南堂壁》）〔註101〕

縱情山水、陶醉林泉是文人放鬆心靈、宣洩積鬱的途徑之一，他們放
棄了向來熱衷的功名仕進，換來精神上的閒逸和安寧。陶淵明為他們
的歸隱提供了一個範本，所以他們常常援引陶淵明的詩文和典故，來
表達返璞歸真的思想，標榜高蹈出世的節操。

元朝在政治上採取民族分化政策，統治者將國民分為蒙古、色目、
漢人和南人四個等級，以蒙古人最尊，南人最為低賤，在政治、經濟
上規定了不同的待遇。元朝規定各級地方行政長官由蒙古人或色目人
擔任，漢人只能做副職。建立里甲制度，監視平民百姓的日常活動。
元朝法律還規定：「諸蒙古人與漢人爭，毆漢人，漢人勿還報，許訴
於有司。」〔註102〕這些政策都加劇了民族對立。元末明初學者葉子奇
在《草木子》中記載：「元朝自混一以來，大抵皆內北國而外中國，內
北人而外南人，以致深閉固拒，曲為防護，自以為得親疏之道。是以
王澤之施，少及於南，滲漉之恩，悉歸於北。」〔註103〕在民族歧視政
策之下，漢人尤其是南人受歧視、排斥很嚴重。據載，至元十九年
（1282），元世祖遣程鉅夫到江南訪賢，薦用名士二十餘人。但是，
元廷對南人極為猜忌，而北人對南人亦甚歧視，認為「新附人不識體

〔註99〕（宋）謝枋得：《疊山集》卷一，《影印文淵閣四庫全書》本，第19
頁。
〔註100〕（金）李俊民：《莊靖集》卷三，山西古籍出版社2006年版，第186
頁。
〔註101〕唐圭璋編：《全宋詞》第五冊，中華書局1965年版，第3433頁。
〔註102〕《元史‧刑法志四》卷一百五十，第2673頁。
〔註103〕（明）葉子奇：《克謹篇》，見《草木子》卷三，中華書局2010年版，
第55頁。

制」,「南人淺薄不足取」,多方排擠。〔註104〕在至元十五年（1278），元廷下詔裁撤江南冗官,南宋降臣紛紛罷職。虞集曾記載:「大德中,集始來京師,江左耆舊名家、故國衣冠之裔同仕於朝者則有永嘉鄭公兄弟、新安汪君漢卿、都昌曹君伯明與今翰林待制袁君伯長數人而已。」〔註105〕元成宗時代在朝廷為官的南宋舊家子弟不過三五人,可見江南士人仕進機會之少。

在元代,科舉實行時間短、規模小,而且科舉考試時行時輟,元代統治者對此並不重視。《元史・選舉志》記載:

> 太宗始取中原,中書令耶律楚材請用儒術選士,從之。九年秋八月,下詔命斷事官術忽觶與山西東路課稅所長官劉中,歷諸路考試。以論及經義、詞賦分為三科,作三日程,專治一科,能兼者聽,但以不失文義為中選。其中選者,復其賦役,令與各處長官同署公事。得東平楊奐等凡若干人,皆一時名士,而當世或以為非便,事復中止。〔註106〕

由於蒙古貴族和將校的阻力,這次通過考試的儒生並沒有被授予官職,僅僅被免去了奴隸的身份,免除了徭役。在此之前,耶律楚材就曾上書窩闊台:「製器者必用良工,守成者必用儒臣,儒臣之事業,非積數十年,殆未易成也。」〔註107〕耶律楚材向元世祖忽必烈陳述儒生對於鞏固統治的重要性,忽必烈尊崇儒家,採納了他的建議,卻沒有很好的施行。從太宗九年（1237）到皇慶二年（1313）重開科考,元代科舉中斷了有76年之久,這對文人儒生來說無疑是巨大的打擊。胡侍《真珠船》記載:「中州人每每沉抑下僚,志不獲展……於是以其有用之才,而一寓之乎聲歌之末,以舒其怫鬱感慨之懷,蓋所謂不得

〔註104〕蕭啟慶:《內北國而外中國——蒙元史研究》,中華書局2007年版,第32頁。
〔註105〕（元）虞集:《送冷敬先序》,見《道園類稿》（元人文集珍本叢刊）卷二十一,第32頁。
〔註106〕《元史》卷八十一,第2017頁。
〔註107〕《元史》卷一百四十六,第3461頁。

其平而鳴焉者也。」〔註108〕儒生徒有滿腔抱負卻得不到施展，思想甚
是苦悶。從延祐二年（1315）恢復科舉到元末，五十年間，元廷前後
共開科十六次，每次選蒙古、色目、漢人、南人各七十五名進京會試，
最終額定一百人，四個族群各二十五名，直接授予正八品到從六品的
官職。有元一代，科舉取士總數不過一千二百人，僅占當時官員總數
的不到百分之五，與宋、明等朝代的比例相去甚遠。〔註109〕宋韓淲
《澗泉日記》載：

> 今兩選朝奉大夫、朝請大夫六百五十五員。奉直大夫
> 至光祿大夫二百九十員。橫行右武大夫至通侍大夫二百二
> 十九員。修武郎至武功大夫六千九百九十一員……選人在
> 部者一萬六千五百十二員，小使臣二萬三千七百餘員……
> 〔註110〕

上面材料記錄的是北宋宣和年間的吏選情況，從中可以看出宋代科舉
之盛，與元形成鮮明的對比。

臺灣學者蕭啟慶指出，元朝是第一個兼採族群與區域兩種配額以
選取進士的朝代。〔註111〕一方面，元朝由於族群等級的考量而制定
科舉中的族群配額，蒙古和色目雖然人口較少，但是在科舉配額上卻
與漢人、南人相同，反映出蒙古、色目人在科舉上受優待；據蕭啟慶
統計，元朝時蒙古、色目人約占全國總戶數的 3%，漢人約占 15%，
南人則高達 82%，但是進士名額卻與其他三個族群相等。另一方面，
在地域上也區別對待，雖然南方漢人較北方人口更多，科舉配額卻更
傾斜北方漢人。元末明初學者徐一夔在《送趙鄉貢序》中說：

〔註108〕（明）胡侍：《真珠船》，見俞為民、孫蓉蓉《歷代曲話彙編》第一
輯，黃山書社 2009 年版，第 207 頁。

〔註109〕姚大力：《元朝科舉制度的行廢及其社會背景》，見《元史及北方民
族史研究集刊》六，1982 年第 26～59 頁。

〔註110〕姚繼榮、姚憶雪編：《唐宋歷史筆記論叢》，民族出版社 2016 年版，
第 213 頁。

〔註111〕蕭啟慶：《元代的族群文化與科舉》，聯經出版事業股份有限公司
2008 年版，第 3 頁。

　　　　杭為方州時，貢士之數自淳熙至景定增至二十二人。
元置行省於浙，領郡三十二，杭隸焉，貢士之額僅二十八
人，是時杭之士不加少也，三年或不能貢一人。今領郡九，
杭亦隸焉，其額增至四十人矣！杭之士不加多也，三年一
貢，有六至七人者矣。猶慮未足以盡其材也，復比年一貢
矣！〔註112〕

文中比較了宋、元、明三代杭州科舉貢額的多寡變化，以元時競爭最
為激烈，「三年或不能貢一人」，可見在元代進士及第之艱難。〔註113〕
如薩天錫在《芒鞋》中所說：「南人求名赴北都，北人徇利多南遷。」
由於科舉錄取配額很少，許多南人「年年去射策，臨老猶儒冠」〔註114〕，
仕進的機會十分渺茫。

　　元代不重視科舉，選用官吏主要靠「根腳」制度，即若干與皇室
建有私屬主從關係，而又立有功勳的家族得以世享封建與承襲特權。
〔註115〕凡是較高的官階，幾乎都被蒙古、色目一些「大根腳」家族所
據，南人完全被排斥在最高統治階層之外了。元末詩人陳高詩云：「自
云金張冑，祖父皆朱幡。不用識文字，二十為高官。」〔註116〕反映的
就是「大根腳」家族的就官情況。元代建立「根腳」制度，確保了蒙
古、色目貴族的統治地位，是一個極具族群含義的制度。元代的布衣
之士，一是依靠貴人的汲引推薦，還可以步入仕途，另一條路就是充
任胥吏。王惲《秋澗集》載：「今天下之人，干祿無階，入仕無路，又
以物情不齊，惡危而便安，不能皆入於農工商販，故三尺童子，乳臭
未落，群入吏舍，弄筆無幾，顧而主書。重至於刑憲，細至於詞訟，
生死屈直，高下與奪，紛紛籍籍，悉出於乳臭孺子之手，幾何不相胥

〔註112〕（明）徐一夔：《送趙鄉貢序》，見《始豐稿》。
〔註113〕蕭啟慶：《元代的族群文化與科舉》，聯經出版事業股份有限公司
　　　　2008年版，第180頁。
〔註114〕（元）陳高：《感興》，見《全元詩》五十六冊，第233頁。
〔註115〕蕭啟慶：《元代四大蒙古家族》，見《元代史新探》，新文豐出版社1983
　　　　年版，第231～264頁。
〔註116〕（元）陳高：《感興》，見《全元詩》五十六冊，第233頁。

而溺也。以至為縣為州為大府，門戶安榮，轉而上達，莫此便且速也。
人烏得不樂而趨之。」〔註117〕但吏地位不高，前途有限，且需要漫長
的時間，「凡陞轉資考，從九三任升從八，正九兩任升從八，巡檢提
領案牘等考滿轉入從九，從九再歷三考升從八，通理一百二十月升」
〔註118〕。許多儒生羞與那些粗識文字的「小民」為伍，不屑做吏，兩
宋以來的知識精英們被排斥於統治階層之外了。

　　出身庶族的知識分子沒有了仕進之路，地位卑下。謝枋得在《送
方伯載歸三山序》中說：「滑稽之雄，以儒為戲曰：我大元制典，人有
十等，一官二吏，先之者貴之也，貴之者謂有益於國也。七匠八娼九
儒十丐，後之者賤之也，賤之者謂無益於國也。嗟乎卑哉，介乎娼之
下丐之上者，今之儒者也。」〔註119〕雖然此說法並不準確，但卻反映
出江南儒生的集體心理。在元代，多數儒生可被列為儒戶，與僧、道
等一樣，可以在賦稅、徭役等方面享受到一些優待，但儒學失去了獨
尊的地位，而是與各種宗教並列，元朝採取多元的文化政策，佛教、
道教、伊斯蘭教、基督教等，同樣得到發展。那些仕進不得又不願淪
為小吏的，或隱逸山林，或流連於勾欄瓦肆，成為書會才人。

　　由上述可知，元代文人面對蒙古統治者和動亂的年代，需要選擇
的問題尖銳而複雜，痛苦的情感鬱結於心，誠如么書儀所言：「生計
問題造成的人心散亂，不思進取導致的士人品格喪失，懷舊情緒帶來
的對漢、唐盛世不切實際的舊夢重溫，地位改變迫使文人對生活多角
度的觀察思考以及對儒家傳統觀念的突破，錯綜複雜地糾合在一起，
使元代文人的心態呈現出一種獨特的面貌。」〔註120〕

　　「學而優則仕」是儒家的重要思想，並逐步內化為中國傳統知識
分子的心理自覺，由讀書、修身到治國、平天下是封建文人理想的政

〔註117〕　（元）王惲：《秋澗集・吏解》卷四十六，臺灣商務印書館《影印文
　　　　　淵閣四庫全書》，第 1200 冊，606 頁。
〔註118〕　《元史・志第三十二・選舉二》，卷八十二，第 2041 頁。
〔註119〕　（元）謝枋得：《謝迭山集》卷二。
〔註120〕　么書儀：《元代文人心態》，人民文學出版社 2013 年版，第 6 頁。

治道路。隋唐以來，科舉成為知識分子最重要的進身路徑，更是寒門學子的一線光明，他們十年寒窗苦讀，寄希望於一朝進士及第，輔佐君王，那時文人的社會地位是很高的。但到了元代，文人的地位大幅下降，科舉也被長時間廢止，這在精神和物質層面都對文人產生巨大的打擊。尤其是由宋入元的文人，經歷了科舉的興衰，內心會有巨大的落差，仕進之路被堵塞，加劇了他們的痛苦。

二、蘇軾和陶範式的影響

對於一個作家和作品的接受，第一讀者顯得尤為重要。接受美學的鼻祖漢斯・羅伯特・堯斯（Hans Robert Jauss）曾說過：「第一讀者的理解將在一代又一代的接受之鏈上被充實和豐富，一部作品的歷史意義就是在這過程中得以確定，它的審美價值也是在這過程中得以證實。」〔註121〕蘇軾是第一位大力創作「和陶詩」的詩人，他運用次韻的作詩技法，在當時引起了廣泛關注和熱烈呼應，確立起和陶的基本範式。除了蘇軾、蘇轍兄弟的「和陶詩」外，北宋張耒、晁補之、秦觀也有數量不等的追和之作。後世和陶較多的有南宋李綱六十七首，元郝經一百一十八首，劉因七十六首，明代周履靖一百二十九首，黃淳耀九十二首，清舒夢蘭一百首，姚椿一百三十首，孔繼鑅一百二十六首。正如袁行霈先生所說：「蘇軾和陶詩在當時就引起了廣大的注意，甚至可以說帶給詩壇一陣興奮，從此和陶遂成為延續不斷的一種風氣。」〔註122〕首先，蘇軾指出了陶詩「質而實綺，臞而實腴」的藝術特色，並且高度稱讚陶詩「自曹、劉、鮑、謝、李、杜諸人，皆莫及也」。蘇軾十分欣賞陶詩的平淡詩風，尤其是在他晚年和陶的創作中，有意地學習陶詩的平淡之美。其次，蘇軾推崇陶淵明的人格，具體而言就是陶淵明安貧樂道的人生態度與任真自然的人生境界，如

〔註121〕〔德〕漢斯・羅伯特・堯斯：《接受美學與接受理論》，遼寧人民出版社1987年版，第25頁。

〔註122〕袁行霈：《論和陶詩及其文化意蘊》，《中國社會科學》2003年第6期，第151頁。

「夢中了了醉中醒。只淵明，是前生。走遍人間，依舊卻躬耕」（《江城子》）、「不獨江天解空闊，地偏心遠似陶潛。」（《監洞霄宮俞康直郎中所居四詠·遠樓》）蘇軾以陶淵明自比，完全認同陶淵明的為人。蘇軾認為陶淵明「欲仕則仕，欲隱則隱」，「偶見此物真，遂超天地先」（《和陶連雨獨飲二首》其一），是將自己心中的理想形象投射到陶淵明身上，將陶淵明的人格理想化。可以說，經蘇軾之筆，確立了陶淵明其人、其詩在宋代的典範地位，並且這種典範地位一直持續下去，不斷得到鞏固和強化。

就元代「和陶詩」的創作來看，蘇軾無疑起著紐帶作用，郝經《和陶詩序》云：「東坡先生遷謫嶺海盡和淵明詩，既和其意復和其韻，追和之作自此始」，指出蘇軾開創和陶之風的事實。郝經在被羈真州時期與蘇軾被貶嶺海時期的心態有很多相似之處，他們都遭受了人生中的巨大變故，面對著險惡的生存環境。以蘇軾在文壇的影響力，郝經應該會讀到蘇軾的「和陶詩」，蘇軾的遭遇也會引起郝經在感情上的共鳴。方回在《和陶淵明飲酒二十首》序中說：「和陶，自蘇長公始。在揚州和《飲酒》二十詩，又為和陶之始。……予以嚴陵舊守，復至秀山，甲申九月九日屢飲之後，因亦用韻賦此，有文潛之閒而又有元秀之貧，感興言志宜也，庶幾好事者鑒之。」〔註123〕牟巘有《東坡九日尊俎蕭然有懷宜興高安諸子姪和淵明貧士七首余今歲重九有酒無肴而長兒在宜興諸兒在蘇杭溧陽因輒繼和》，是繼和蘇軾「和陶詩」，由上可以看出，元代和陶詩人受到蘇軾的廣泛影響。

在「和陶詩」的主題方面，蘇軾「和陶詩」有表達對田園生活的嚮往的，有表達對陶淵明高潔人格的追求的，還有表現親情友情以及對古代聖賢的歌頌的。元代「和陶詩」的內容，也大致不出這些範疇。而且蘇軾的「和陶詩」並非是完全和意、和韻的，清人王文誥云：「公之和陶，但以陶自託。至於其詩，極有區別。有作意傚

〔註123〕《桐江續集》卷五，第20b頁。

之，與陶一色者；有本不求合，適與陶相似者；有借韻為詩，置陶不問者；有毫不經意，信口改一韻者。」〔註124〕指出了蘇軾的許多和陶作品是抒發一己胸懷，甚至有些是與原詩觀點相左的。蘇軾這種和陶範式，也影響到後世的和陶詩創作。元人在和陶創作時加入自己的思想與情感，呈現出多元化、差異化的主題傾向，與陶詩並不完全一致。在詩歌風格上面，蘇軾學習陶淵明的平淡詩風，深得陶詩真味，尤其是其《和陶飲酒二十首》，得到許多詩評家的認可，如溫汝能評《和陶飲酒二十首》其三：「末六句沖淡自然，酷似陶作，非公詩固不能為淵明寫出真面目也。」趙克宜評其四：「辭近旨遠，得陶氣息。」，紀昀評其十五、十六：「亦陶意居多」、「亦似陶。」〔註125〕元代和陶詩人也自覺學習陶詩的平淡詩風，郝經、方回、劉因等人的一些「和陶詩」沖淡平和，與陶詩很相似。在詩歌的意象方面，蘇軾「和陶詩」中經常出現「酒」、「菊」、「南山」等意象，藉以表達自己的情感，元代亦然，在「和陶詩」中大量運用陶詩意象與典故等，進一步促進了陶詩意象的典型化。正如李澤厚先生所言：「終唐之世，陶詩並不顯赫，甚至也未遭李杜重視。直到蘇軾這裡，才被抬高到獨一無二的地步。並從此之後，地位便鞏固下來了……千年以來，陶詩就一直以這種蘇化的面目流傳著。」〔註126〕對這種綿延不絕的「和陶詩」創作，一方面不能忽視陶淵明本身的影響力，另一方面也需要關注蘇軾「和陶詩」創作對後世的影響。後世「和陶詩」源源不斷地出現，既是陶淵明詩歌文化價值的體現，也與蘇軾和陶的巨大影響息息相關。

三、理學思想的影響

有元一代，文人受程朱理學影響很大。理學思想尚志節、重操

〔註124〕見《蘇軾詩集》卷三十九，中華書局1982年版，第2107頁。
〔註125〕以上所引見曾棗莊主編《蘇詩匯評》，四川文藝出版社2000年版。
〔註126〕李澤厚：《美的歷程》，廣西師範大學出版社2001年版，第218頁。

守，對當時的社會教化產生了深遠的影響。朱熹提出「天分即天理」
〔註 127〕，從這一「理」本體論出發，將夫婦關係、君臣關係上升到天
理的高度，用宇宙之理來解說社會關係之理，提出天理「張之為三綱，
紀之為五常」〔註 128〕，反映倫理關係的「三綱五常」被視為「天理」，
進一步將「忠」上升為「理」的重要內容。「然而舉天下之事，莫不有
理。且君臣之事君，便有忠之理；子之事父，便有孝之理；目之視，
便有明之理；耳之聽，便有聰之理；貌之動，便有恭麼理；言之發，
便有忠之理」〔註 129〕，天理是永恆不變的，忠君也是人間永恆的準
則，違背這一倫理秩序就違背了天理，明確了忠君思想的重要地位。
因此，當面臨異族入侵，便會激起受理學影響深遠的文人士大夫強烈
地反抗，從而表現為激烈的民族情緒和愛國熱情，如朱熹云：

> 陶元亮自以晉世宰輔子孫，恥復屈身後代，自劉裕篡奪
> 勢成，遂不肯仕。雖其功名事業，不少概見，而其高情逸想，
> 播於聲詩者，後世能言之士，皆自以為莫能及也。蓋古之君
> 子，其於天命民彝、君臣父子、大倫大法之所在，惓惓如此。
> 是以大者既立，而後節概之高，語言之妙，乃有可得而言者。
> 如其不然，則紀逖、唐林之節非不苦，王維、儲光羲之詩非
> 不儵然清遠也，然一失身於新莽、祿山之朝，則平生之所辛
> 勤而僅得以傳世者，適足為後人嗤笑之資耳。〔註 130〕

朱熹從儒家倫理道德規範層面來論證陶淵明的行為是符合儒家的行
為規範的。在宋元易代之際，南宋遺民十分看重氣節，因而把忠於故
君當成是守節的重要標誌，不能事君，即非孝也，甚至認為餓死事小，
失節事大。宋元之際以身殉國的烈士如文天祥、陸秀夫、李庭芝，與
拒不出仕的南宋遺民謝枋得、鄭思肖等，成為時人謳歌的對象，這些

〔註 127〕　（宋）黎靖德編，王星賢點校：《朱子語類》卷九五，中華書局 1986
　　　　　　年版，第 2415 頁。
〔註 128〕　《朱子語類》卷二四，第 566 頁。
〔註 129〕　（宋）朱熹：《學七・力行》，見《朱子語類》卷十三。
〔註 130〕　（宋）朱熹：《向薌林文集序》，見《全宋文》第 250 冊，第 332～
　　　　　　333 頁。

烈士與遺民代表了當時知識分子的主流。如謝枋得多次拒絕元廷徵聘，後被強行押至大都，他以絕食明志，成為忠臣義士的典範。在入元以後，牟巘隱居山林，終身不仕。看到故國河山淪於異族鐵蹄之下，南宋遺民選擇隱入山林，以夷齊之心唱麥秀之思，砥礪節義。江南地區的不同區域形成了一個個遺民群體，他們或宴集交遊，或酬唱追和，用詩歌吟詠表達對故國的懷思，在詩文中追慕忠臣義士，成為元代文人紓解內心苦悶的重要方式。

　　這個時候，陶淵明走進他們的視野。南宋遺民對元代政權懷有仇視情緒，他們心懷亡國之悲，與陶淵明當時的境況相似。在元人眼裏，陶淵明雖然歸隱田園不問世事，但內心的故國之思並不曾消亡。陳繹曾《詩譜》云：「心存忠義，心處閒逸。」〔註131〕認為陶淵明心懷故國。吳師道在《吳禮部詩話》中指出：「陶公胸次沖淡平和，而忠憤激烈，時發其間，得無交戰之累乎？洪慶善之論屈子，有曰：『屈原之憂，憂國也；其樂，樂天也。』吾於陶公亦云。」〔註132〕將陶淵明比作憂國憂民的屈原。吳澄在《詹若麟淵明集補注序》中也說：「予嘗謂楚之屈大夫，韓之張司徒，漢之諸葛丞相，晉之陶徵士，是四君子也。……靈均逆睹讒臣之喪國，淵明坐視強臣之移國，而俱末如之何也。略伸志願者，其事業見於世；末如之何者將沒世而莫之知，則不得不託之空言以泄忠憤：此予所以每讀屈辭、陶詩而為之流涕太息也。屈子之辭、非藉朱子之注，人亦未能洞識其心。陶子之詩，悟者尤鮮，其泊然沖淡而甘無為者，安命分也。其慨然感發而欲有為者，表志願也。……陶子無昭烈之可輔以圖存，無高皇之可倚以復讎，無可以伸其志願，而寓於詩，倘使後之觀之者，又昧昧焉，豈不重可悲也哉！屈子不忍見楚之亡而先死，陶子不幸見晉之亡而後死，死之先後異爾，易地則皆然，其亦重可哀已夫。」〔註133〕認為陶淵明與屈原、張良、

〔註131〕（元）陳繹曾：《詩譜》，見《歷代詩話續編》中冊，第630頁。
〔註132〕見《歷代詩話續編》，第585頁。
〔註133〕（清）陶澍：《詹若麟淵明集補序》，見《陶淵明資料彙編》，第125頁。

諸葛亮無異，他們都堅持君臣大義，張良和諸葛亮雖然未能實現宏願，但都一展其才，而陶淵明和屈原則有志不得申，所以感情更加慷慨激烈。趙孟頫作有《題桃源圖》《題歸去來圖》《題四畫》等多幅畫作，並有題詩於上，如《題歸去來圖》云：「斯人真有道，名與日月懸。青松卓然操，黃華霜中鮮。棄官亦易耳，忍窮北窗前。撫琴三歎息，世久無此賢。」〔註134〕將陶淵明視為可與日月同輝的聖賢，可見對陶淵明品格的高度推崇。元人對陶淵明忠節思想的認可，是接受陶淵明的另一重要因素。

第四節　元代「和陶詩」的價值

一、進一步推動陶詩經典化

李澤厚先生在論及陶淵明的文化意義時說：「所以只有他，算是找到了生活快樂和心靈慰安的較為現實的途徑。無論人生感歎或是政治憂傷，都在對自然和對農民生活的質樸的愛戀中得到了安息。陶潛在田園勞動中找到了歸宿和寄託。他把自《十九首》以來的人的覺醒提到了一個遠遠超出同時代人的高度，提到了尋求一種更深沉的人生態度和精神境界的高度。」〔註135〕陶淵明及其詩歌之所以以極強的生命力穿越悠遠的歷史文化時空，一方面是其自身的魅力所致，另一方面離不開後人的解讀與唱和，使陶淵明的詩歌歷久彌新，遂成經典。元代「和陶詩」在宋代和陶的基礎上，使陶詩的經典地位得到進一步鞏固和強化。

在涉陶典故方面，元人對陶淵明「不為五斗米折腰」的氣節十分推崇，在「和陶詩」中屢屢提及：

不用五斗解，豈計東方白。（郝經《飲酒》其十六）

〔註134〕見《全元詩》第十七冊，第199頁。
〔註135〕李澤厚：《美的歷程》，見李澤厚《美學三書》，安徽文藝出版社1999年版，第108頁。

彭澤五斗米，竟為督郵去。(方回《和陶詠二疏為郝夢卿畫圖盧處道題跋作》)

所以彭澤翁，折腰愧當年。(戴良《和陶淵明飲酒二十首》其二)

無食不免乞，折腰乃竟辭。(舒岳祥《丙子兵禍自有宇宙寧海所未見也予家二百指颙石將罄避地入剡貸粟而食解衣償之不敢以淵明之主人望於人也因讀淵明乞食詩和韻書懷呈達善亦見達善燒痕稿中有陶公乞食顏公乞米二帖跋尾也》)

陶淵明歸隱田園的事蹟，也是和陶詩人們著力歌詠的：

淵明苦避俗，中歲歸田園。(郝經《怨詩楚調示龐主簿鄧治中》)

空和歸田吟，商聲振林莽。(劉因《和歸田園居五首》其二)

馬老猶伏櫪，鳥倦尚歸山。(戴良《和陶淵明歲暮答張常侍一首》)

陶淵明在他的詩歌中創造了許多經典的意象，比如「菊」、「五柳」、「南山」、「桃源」、「北窗」等，共同構成了陶淵明的隱逸世界，它們成為能夠代表陶淵明形象的特定文化符號，象徵著其隱逸情懷與高潔精神。經過後代詩人的不斷學習與推動，逐步使陶詩意象經典化，如「南山」意象：

種豆南山歸，放目陟高嶺。(郝經《雜詩十二首》其二)

把菊見南山，物我有廢置。(郝經《雜詩十二首》其六)

把菊東籬下，氣與南山高。(方回《九日用淵明韻二首》其二)

乾坤一東籬，南山久已傾。(劉因《和九日閒居》)

我家南山陬，猿狖之所宅。(汪汝霖《疏齋賜示和陶移居詩有懷從遊之士不鄙荒陋而俎豆之輒次韻以謝不敏》)

「南山」意象雖然在陶詩中出現並不多，但是卻是極為重要的一個意

象。「南山」象徵著一種悠然自得的人生狀態，是既理想又現實的存在，也是陶淵明歸隱之後的精神家園。「和陶詩」中的南山意象，成為失意文人精神的棲息地，當他們鬱鬱不得志的時候，陶淵明筆下的「南山」能夠給他們帶去精神慰藉，撫平他們內心的憂傷。

在陶淵明的詩中，「菊」是孤標亮節、高雅傲霜的象徵，也代表了陶淵明的高潔人格。在「和陶詩」中，以菊花暗示自身堅貞清剛、孤高持節的品格，讀者在接觸到和陶詩人筆下的菊花意象時，自然而然會聯想到陶詩中的菊花，進一步強化了這一經典意象：

　　　種柳復藝菊，即是陶潛宅。（郝經《飲酒》其十六）

　　　採菊芳洲上，獨酌當金焦。（謝肅《己酉九日瓜州次陶靖節己酉九日韻》）

　　　把菊東籬下，氣與南山高。（方回《九日用淵明韻二首》其二）

　　　偶因菊酒至，喜聞佳節名。（劉因《和九日閒居》）

　　　且餐籬下菊，兼吸杯中月。（釋梵琦《和淵明仲秋有感》）

　　　牆頭有叢菊，粲粲誰復採。（戴良《和陶淵明擬古九首》其九）

元人陳旅云：「昔周子謂『晉陶淵明獨愛菊』，又曰『菊，花之隱逸者也』。淵明為晉處士，若是花之不與群豔競吐，而退然獨秀於風霜搖落之時，則淵明可謂菊隱者矣。」〔註136〕菊成為陶淵明隱逸精神的代名詞。

「鳥」在陶詩中出現的頻率很高，也是陶詩中的一個重要意象。在陶淵明筆下，鳥既是積極向上的象徵，如「猛志逸四海，騫翮思遠翥」（《雜詩十二首》其五）、「精衛銜微木，將以填滄海」（《讀山海經十三首》其十）；又是回歸山林的象徵，如「山氣日夕佳，飛鳥相與還」（《飲酒二十首》其五）、「眾鳥欣有託，吾亦愛吾廬」（《讀山海經

〔註136〕（元）陳旅：《菊逸齋序》，見《安雅堂集》卷六，《四庫全書》1213冊，第 67 頁。

十三首》其一）；還有孤獨無依的意味，如「棲棲失群鳥，日暮猶獨飛」（《飲酒二十首》其四）、「班班有翔鳥，寂寂無行跡。」（《飲酒二十首》其十五）可見在陶淵明的詩中，「鳥」的內涵很豐富。在元代「和陶詩」中，「鳥」意象所代表的含義大致不出陶詩範疇：

> 歸鳥翩翩，集於深林。（郝經《歸鳥》）

> 天方卵高鳥，地已產良弓。（劉因《和飲酒二十首》其十七）

> 越鳥當北翔，夜夜思南棲。（戴良《和陶淵明飲酒二十首》其九）

> 山林少過轍，二鳥鳴相酬。（吳萊《和陶詠貧士》其四）

> 天遠孤鳥沒，海深眾流歸。（釋梵琦《送董國賢任奉化州別駕和於王撫軍座送客》）

上詩有表現對故國家園的思念的，如「歸鳥翩翩，集於深林」（郝經《歸鳥》），「越鳥當北翔，夜夜思南棲」（戴良《和陶淵明飲酒二十首》其九）；有表現孤獨寂寞的，如「天遠孤鳥沒，海深眾流歸」（釋梵琦《送董國賢任奉化州別駕和於王撫軍座送客》）；還有表現全身遠禍願望的，如「天方卵高鳥，地已產良弓」（劉因《和飲酒二十首》其十七），和陶詩人用「鳥」這一意象，表達自己不同的感情。

此外，「和陶詩」中還有許多關於「酒」和「琴」的意象，這些在陶詩中有著不同意蘊、不同指向的物象，經過和陶詩人的詮釋，使這些意象更具典型意義。

除了用陶典、意象外，一些「和陶詩」還在總體風貌上倣仿陶詩，這裡以戴良最為突出。如《和陶淵明詠貧士七首》其一與《詠貧士》其一：

> 烏鵲失其群，棲棲無所依。豈不遇良夜，誰共星月輝。兩翮已云倦，何力求奮飛。遙見青松樹，決起一來歸。孤危正自念，復慮歲晚饑。苟遂一枝託，安知溝壑悲。〔註137〕

〔註137〕《九靈山房集》卷二十四，第 178 頁。

　　　　萬族各有託，孤雲獨無依。曖曖空中滅，何時見餘暉？
　　朝霞開宿霧，眾鳥相與飛。遲遲出林翮，未夕復來歸。量力
　　守故轍，豈不寒與饑？知音苟不存，已矣何所悲！〔註 138〕

可以看到，該詩對陶淵明的原詩從整體上進行仿寫，包括詩的結構、
內容、情感方面，與陶原詩完全相合。

　　在元代詩人的「和陶詩」中，大量使用陶詩中的典故、意象，以
及從整體上對陶詩模仿學習，這無疑深化了對陶詩的接受，使陶詩的
經典地位得到進一步的鞏固和加強，正如李劍鋒教授所說：

　　　　從作者、作品來看，作者、作品的歷史地位，特別是
　　典範地位、風格特點在一定程度上應歸因於後世讀者的模
　　仿、唱和、用典等。比如陶淵明《歸去來兮辭》，從詞語、
　　句式、意趣到格調、結構等，歷代借鑒、模仿、唱和之作
　　俯拾皆是。這些借鑒之作、仿作、和作不斷重複並強化著
　　陶詩原有的精神意蘊和藝術形式。歷代讀者也在閱讀和模
　　仿中熟稔了陶詩，接受了陶詩的精神意蘊、審美範式。特
　　別是在仿作與原作的對比中深味了陶詩的典範性、不可企
　　及之處所在。〔註 139〕

元代和陶詩人以接受陶詩為基礎，使陶詩的藝術價值得到了充分的挖
掘，在和陶過程中又加入了自己的個性與認識，形成了不同於陶詩的
另一面目。在這種接受與創新中，又進一步充實了陶詩的思想與藝術
內涵，開拓出陶淵明接受的新領域，也為後代文人借陶「澆心中塊壘」
提供了創作方式。

二、塑造陶淵明的理想人格

　　在元代「和陶詩」中，我們看到了陶淵明理想的人格特徵：不慕
榮利、傲視權貴、固窮安貧、堅守氣節……這是和陶詩人們集體建構
的結果，他們把自己所期望的理想人格投射到了陶淵明身上。於是，

────────────

〔註 138〕《陶淵明集箋注》，第 252 頁。
〔註 139〕李劍鋒：《元前陶淵明接受史》，齊魯書社 2002 年版，第 432 頁。

當他們鬱鬱不得志或是厭倦了仕途險惡、官場沉浮時，便想到歸隱、想到陶淵明，希望自己可以像他那樣拋開追求功名利祿的俗世之心而隱於山林，過上平靜安寧的生活。

首先，在元代和陶詩人眼裏，陶淵明是一位隱逸高士，這在「和陶詩」中多有體現，如「淵明偶束帶，初無仕宦意」（郝經《雜詩十二首》其六）、「淵明折滿把，嘯傲東籬開」（郝經《丙辰歲八月中於下潠田舍獲菊》）、「陶令自高士，葛侯亦奇才」（劉因《和讀山海經十三首》其十三）、「平生慕陶公，得似斜川時」。（戴良《和陶淵明飲酒二十首》其一）經歷了兵戈擾攘和易代之苦，和陶詩人們嚮往安寧和平的生活，陶淵明筆下靜穆秀美的田園風光成為他們的精神慰藉，陶淵明的淡泊名利、悠然自適也激勵著他們投入到大自然的懷抱。

其次，陶淵明是一位安貧樂道的貧士。陶淵明的貧困生活引起元代文人的共鳴，他們隱居田園，生活艱難，所以在詩中不斷歌頌陶淵明固窮安貧的品格。陶淵明「家無儋石儲」卻依然可以「漫撫無弦琴」（郝經《詠貧士七首》其三），他安於貧困，對貧乏的物質生活能夠淡然處之。「陶翁固貧士，異患猶不干」（戴良《和陶淵明詠貧士七首》其五）、「饑窮古不免，陶生良有辭」（戴表元《和陶乞食》）、「糞土笑伯始，金錢鄙鄧通。千載一元亮，捨此將安從」（牟巘《東坡九日尊姐蕭然有懷宜興高安諸子姪和淵明貧士七首余今歲重九有酒無肴而長兒在宜興諸兒在蘇杭溧陽因輒繼和》），他們對陶淵明的這種安貧態度都高度稱讚。

陶淵明是一位灑脫曠穎的達者，如「屈子重違天，陶公乃達道」（郝經《飲酒》其十）、「淵明老解事，撫世如素琴」（劉因《和詠貧士七首》其三）、「淵明曠達士，未及至人情」（戴良《和陶淵明飲酒二十首》其三）、「陶翁種五柳，蕭散本天真」（戴良《和陶淵明飲酒二十首》其二十），把陶淵明當作「達道」、「解事」的人物。尚永亮先生曾說過：「從屈原模式的繼承、超越走向陶淵明，乃是中國士人心態發

展中的一個轉折點。」〔註140〕雖然陶淵明是一位隱士，但他對元代文人的影響不僅限於「隱」，他曠達的人生態度和處事方式為元人提供了不同於屈原的另一種模式。元代文人社會地位低下，仕進之路也被阻塞，他們失去了宋代士人頭頂的榮光，心態憂鬱失落，而陶淵明的人生態度和處世方式為他們提供了一種人生範式，幫助他們擺脫內心的痛苦。

　　第四，陶淵明還是一位心念故君的「遺民義士」。亡國之痛使漢族文人更加關注陶淵明詩歌中的「忠憤」思想，他們根據自己的理解，渲染出了陶淵明的「忠節」形象。南宋遺民牟巘云：「淵明既賦此辭，自是不復出。意固有在『帝鄉不可期』，蓋其微詞所寓，而論者或未之察也。嗚呼！內望彷徨，修門愈邈，吾生行盡，去將安之，亦惟安乎天命而已，奚復疑哉？此又致命遂志之義，與子雲遜於不虞以保天命者異矣。」〔註141〕認為陶淵明的歸隱是不滿劉裕篡位。他們在詩中高歌陶淵明「只書甲子」事，如「淵明胡為作此記，不紀義熙同一意」（方回《桃源行》）、「難學夷齊餓首陽，聊效陶潛書甲子」（舒岳祥《解梅嘲》）、「浴光力取虞淵日，示貶忠凝甲子編」（王惲《彭澤二賢堂為江州周使君賦》）、「自陳簪組後，為義不兩仕」（方夔《九日讀陶淵明詩》），雖然陶淵明「忠憤」之說非始於元，但元代卻大力強調這一觀點，陶淵明的「忠節」形象被牢牢樹立起來。

三、真實記錄元代歷史與文人心態

　　在元代「和陶詩」中，一些詩歌還真實反映了當時的社會狀況，對後人瞭解宋元之際的歷史有重要意義。此外，詩人用和陶這種形式來抒發胸懷、表達感情，也為瞭解元代文人心態打開一扇窗口。

〔註140〕尚永亮：《莊騷傳播接受史綜論》，文化藝術出版社 2000 年版，第337 頁。

〔註141〕（元）牟巘：《題淵明圖》，見《陵陽集》卷十五，第 130 頁。

　　郝經在《勸農》詩中，反映了兵亂以來對農業發展的嚴重破壞，表達對農民的深切同情。如「婦役弗盬，夫征弗宿」，戰亂時廣大農民被徵去打仗，造成田地荒蕪無人耕種的局面。「食眾農寡，安得不匱」，食者愈多，農民愈少，糧食更加匱乏，許多農民變成匪民，加劇了社會的動盪不安。詩人深刻認識到了農業作為國之根本的重要性，農業不穩，國家也不會安定。他還在詩中反映戰爭的殘酷，「劫灰到重泉，兵塵滿阡陌。乾坤一戰場，血盡骨更白」（《雜詩十二首》其六）、「禍隆殺戮運，民命殘蹂踐」（《癸卯歲始春懷古田舍二首》其一），戰亂時期，無辜百姓遭受禍害，命如草芥一般，表達了對百姓的同情。在《詠荊軻》詩中，郝經認為解決國家之間的紛爭靠刺客行刺並不是明智之舉，行動的失敗也是必然的。他認為應該用和談的方式來爭取和平，減少戰爭對國家和人民的傷害，這與他對待宋元戰爭的思想是一致的，表現出了進步的歷史觀。詩中還對自己的出使南宋進行反思，認識到了這一政策的失敗，如《庚子歲五月中從都還阻風於規林二首》其一云：「康莊馭軒車，豈能適江湖。挾山以超海，過計元自疏。」他把自己的議和行為比作「馭軒車」適「江湖」，「挾山」以「超海」，是不可為而強為之事。在《答龐參軍》《命子》等詩中，郝經還敘述了自己的家世和求學經歷，對全面瞭解其生平經歷具有重要意義。

　　另外，我們還可以通過郝經的「和陶詩」來瞭解他被羈時的生存狀態與複雜心態。郝經是帶著救民於戰火、活億萬生靈的神聖使命出使南宋的，在被囚之後，他的願望落空了，使命也無法完成，這使他的內心充滿了愧疚的情感：「嗟嗟墮世網，願言久已負。枯腸充殷憂，覽鏡顏益厚」（《擬古九首》其一）、「節旄久零落，破碎十年冠。片天亦愧仰，計拙祗厚顏。」（《擬古九首》其五）詩人對自己沒能讓兩國實現和平表現出深深的羞愧，他埋怨自己的無能，認為辜負了君主的期望。在長期被囚期間，郝經沒有得到元廷的解救，這也使他產生了失落的情緒。《於王撫軍坐送客秋夕遣懷》云：「包胥客咸陽，孰為賦

無衣。美人期好合，願言遂相違。……天道本好生，伊何獨予遺。」
郝經用包胥求援的典故來反襯自己被元廷無情遺棄的事實，流露痛
苦、失望的感情。

　　方回作為宋臣，在元軍攻城之際舉城投降，遭到時人的唾罵，也
成為伴隨他一生的心理「包袱」。他在「和陶詩」中對自己的降元行為
進行反思，如《和陶淵明飲酒二十首》其三：

　　　　立功亦云可，於世能無情。屈體喪厥節，寧若埋我名。
　　極不過餒死，餒死勝飽生。是翁醉中語，細味足歡驚。寄奴
　　復典午，吾其無目成。

在宋元鼎革之際，方回未能像很多南宋士大夫一樣殺身成仁或隱居
避世，而是選擇了以郡降元，致使節義虧損。雖然他的行為使　郡
百姓得以存活，「屈體喪厥節，寧若埋我名。極不過餒死，餒死勝飽
生」，方回還是對自己的降元表示出了悔恨與自責。「忽思往日過，
何事馬受羈」（《和陶淵明飲酒二十首》其八）、「苟生內自悔，一思
汗如漿。焉得掛海席，萬里窮扶桑」（《送男存心如燕二月十五日夜
走筆古體》），降元的這件事在晚年時時拷問著方回的內心。

　　戴良作為元代遺民，在元末戰亂紛爭之中能夠保持一顆忠貞之
心，義不仕明，最終自裁而亡。戴良悲劇命運的形成，與其遺民心
態有很大關係，他心儀淵明，追和陶詩，表達對回歸的渴望，對故
國的思念。謝肅在為其所作《和陶詩集》序中說：「其流離顛頓，寒
饑苦困，憂悲感憤，不獲其意者，莫不發之於詩。詩之體裁音節渾
然天出者，又絕似淵明，非徒踵其韻焉而已，因名之曰《和陶集》。」
他在「和陶詩」中表達自己的亡國之悲，如《和陶淵明詠貧士七首》
其一：

　　　　烏鵲失其群，棲棲無所依。豈不遇良夜，誰共星月輝。
　　兩翮已云倦，何力求奮飛。遙見青松樹，決起一來歸。孤危
　　正自念，復慮歲晚饑。苟遂一枝託，安知溝壑悲。〔註142〕

〔註142〕《九靈山房集》卷二十四，第178頁。

戴良以失群之鳥來自比，內心充滿了孤獨寂寞。雖然一生坎坷多艱，
但戴良能夠堅守節操，安於貧困：「塵埃縱滿目，肯污西來風。舉世嘲
我拙，我自安長窮」(《和陶淵明擬古九首》其二)、「委懷窮簷下，何
以開此顏。清風颯然至，高歌吾掩關。」(《和陶淵明詠貧士七首》其
五) 戴良有積極用世的志向，但遭遇朝代更迭，根深蒂固的忠節思想
使他無法接受自己出仕新朝，於是在「和陶詩」中常常慨歎功業不就，
如「夏蟲時不永，安睹歲月遷。嗟我在世中，倏忽已華顛」(《和陶淵
明雜詩十一首》其九》)、「我如北塞駒，困此東南道。有力不獲騁，長
鳴至於老」(《和陶淵明飲酒二十首》其十一》)，通過和陶來表達自己
的矛盾心態。

四、對和陶詩人個體的意義

元代和陶詩人所處的階層很廣泛，既有遺民、隱士，如舒岳祥、
牟巘、戴良等，又有在元廷任職的官員，如郝經、方回、王惲等，還
有一些人徘徊於仕隱之間，如戴表元、仇遠等。陶淵明在他們每個人
眼中的形象也不盡相同，有些人看重陶淵明的隱逸情懷，有些人推崇
他固窮安貧的品格，還有人敬慕他不仕二朝的忠貞……由於他們的出
處、經歷以及個性的不同，抱著不同的心理和動機追和陶詩，所以和
陶對他們每一個個體的意義也不盡相同。正如劉中文所說：「中國士
人無論是仕進，還是隱退；無論是執著於儒家思想，還是飯依於道家
精神，都對陶淵明情有獨鍾，往往頻頻回首陶淵明，試圖從他那裡找
到人生所需要的某種東西：或是精神力量，或是情緒解脫，或是心理
安慰，或是品格標榜，等等。對於中國士人，陶淵明是不可或缺的精
神食糧，是可以及時醫治精神與心理傷痛的良藥。」〔註143〕

郝經在被羈押儀真館期間，心情十分複雜，一方面是無故被羈、
失去自由而產生的苦悶心情，一方面是使命未達、壯志難酬的愧疚，

〔註143〕劉中文：《唐代陶淵明接受研究》，中國社會科學出版社 2006 年版，
第 3 頁。

還摻雜著對家鄉親人的思念，對被元廷遺忘的失落……所有這一切交織在一起，使郝經的內心充滿矛盾與掙扎。陶淵明成為拯救郝經痛苦心靈的一劑解藥，陶淵明的清高人格、堅守節操和安貧樂道無不激勵著郝經，他從陶詩中汲取生存的力量，作百餘首「和陶詩」，以抒發內心的憂愁憤懑，實現心靈的自釋與超脫。

劉因的「和陶詩」作於他晚年歸隱時期，雖然他拒絕了朝廷的徵聘，但是他從未忘記過自己的濟世之心，「建立天地極，蔚為蓋世雄。功成脫敝屣，飄然蕭遺風」（《和擬古九首》其二），只是在那個時代，他注定無法有所作為，「士生道喪後，美才多無成」（《和飲酒二十首》其三），劉因只好用和陶來調節內心的苦悶，尋找心理的平衡。

戴良　生隱居在山水之間，以遺民自居，心念舊國的情緒時時流出：「故國日已九，朝暮但神遊。誰謂相去遠，夙昔隘九州」（《和陶淵明擬古九首》其八）。他敬慕陶淵明固窮安貧的精神，「陶翁固貧士，異患猶不干」（《和陶淵明詠貧士七首》其五）、「陶生久已沒，此意竟誰領」（《和陶淵明飲酒二十首》其十三），也效法陶氏過著貧居的生活，保持高尚的品格，「舉世嘲我拙，我自安長窮」（《和陶淵明擬古九首》其二）、「寸心固云苦，中有千歲寒」（《和陶淵明擬古九首》其五），戴良以陶淵明來激勵自身，陶淵明是照亮他精神世界的一盞明燈。

么書儀在《元代文人心態》一書中寫道：「包括由宋入元和由金入元的元初文人就是生活在這樣一種長期動亂的社會之中，他們之中的不少人都親歷過戰禍和顛簸，即使並未親身經歷離亂之苦，他們的生活和思想感情也為這一特定的社會氛圍所制約。他們的行動，他們的觀念，他們的心理常態與變態，都難以擺脫這一社會情狀的拘囿。」〔註144〕因為生活在相同的時代之下，被同樣的歷史洪流裏挾前行，元人個體在心態上有差異更有其共性，對陶淵明的接受呈現出同一性，即以陶淵明的高尚節操、安貧樂道進行自我激勵或者自我標榜，在那個壓抑的時代以尋求更有價值、更有意義的人生。

〔註144〕么書儀：《元代文人心態》，人民文學出版社 2013 年版，第 5 頁。

第八章　元代對陶淵明形象的建構

　　一個時代的審美趣味與精神,是在特定時代的政治、經濟、文化、社會等因素影響下形成的,因此對於同一歷史人物,不同的時代背景下會有不同的審美視角,產生不一樣的認識和看法。就好比一條流淌著的河流,在不同的河道,會激起不同形態的浪花,陶淵明的歷史形象即是如此。東晉南北朝時期,陶淵明是以一個隱士的形象走進大眾視野的,他「不為五斗米而折腰」的氣節與安貧樂道的生活態度受到時人的肯定,而他作為詩人的價值未被發掘,只有極少數文人如鍾嶸、蕭統等關注到他的文學創作。隋唐五代,人們開始從陶的人格、品德與詩歌藝術等多方面去認識他,推重陶淵明的孤高情懷與飲酒之趣,陶淵明的詩歌逐漸從隱士的光環下顯現出來,陶詩受到越來越多的關注和重視,並在他的直接影響下形成了盛唐的山水田園詩派。兩宋時期是陶淵明接受的高峰,陶淵明其人其文都被作為典範來看待,並確立了其在文學史上的崇高地位。蘇軾是擁陶的典型代表,也是「和陶詩」的首創者,寫下大量的「和陶詩」,蘇轍、李綱、吳芾、王質、陳造、陳起、朱熹等大批文士繼之,「和陶」現象蔚然成風,成為文學史上獨特的現象。元代在兩宋的基礎上,進一步深化了對陶淵明的認知。元代的漢族文人身處異族統治之下,心理上更接近陶淵明,對陶淵明的人格精神尤其推崇,陶淵明的事蹟和典故進入元代散曲、雜劇中,

郝經、方回、劉因、戴良等人創作大量「和陶詩」。到明、清兩代，陶淵明的形象不斷豐滿和立體化。一千個人眼中有一千個哈姆雷特，「文人宗法他、隱士膜拜他、狂者敬佩他、狷者仰慕他，玩世之人欣賞他、功名之士敬畏他……他已經開始向中國文化的每一層面，每一角落滲透。許由、子高、老子、莊周、接輿、四皓、梁鴻、孫登等，雖以傲岸超拔為名，然而，從未形成像陶潛這般豐富而深邃的文化內涵。」〔註1〕陶淵明在元代不同的文學體裁、文人群體中，呈現出來的形象也不盡相同。

第一節　遺民詩人對陶淵明「忠節」形象的書寫

宋祥興二年（1279），崖山海戰一役以宋軍失敗而告終，宰相陸秀夫攜幼帝趙昺投海而亡，許多大臣追隨其後，十萬軍民跳海殉國，宣告了大宋王朝的覆滅。宋亡之後，江南許多文人儒生堅持民族氣節，拒不仕元，他們紛紛躲進山林之中，形成一個個遺民群體。他們聚在一起吟詩唱和，抒發黍離之悲，陶淵明自然成為他們歌詠的對象。牟巘《九日》詩序云：「陶公再為建威參軍，劉裕幕府也，忽棄去；為彭澤令，未幾又棄去。裕是時已有異志，劉穆之寧死不與九錫。」〔註2〕在牟巘看來，陶淵明的歸隱跟劉裕篡晉有很大的關係，為了堅守節操，他辭去官職歸隱故里。舒岳祥《劉正仲和陶集序》云：「淵明自言性剛才拙，與物多忤，然其詩文無一語及時事，縱橫放肆，而芒角不露，故雖名節凜然，而人莫測其涯矣。《歸去來》之作，人謂其恥為五斗米折腰耳，不知是時裕之威望已隆，淵明知幾而去之，此臘肉不至之意也。」〔註3〕他也將陶淵明的歸隱解釋為忠於晉朝，這一觀點得到了遺民詩人的廣泛認同。劉岳申云：「陶淵明本志不在子房、孔明下，而

〔註1〕劉文：《唐代陶淵明接受研究》，中國社會科學出版社2006年版，第45頁。
〔註2〕《牟氏陵陽集》卷一，第5a～5b頁。
〔註3〕（元）舒岳祥：《劉正仲和陶集序》，見《閬風集》卷十，《四庫全書》本，第4a～5b頁。

終身不遇漢高皇、蜀昭烈，徒賦詩飲酒，時時微見其意，而託於放曠，任其真率，若多無所事者。」〔註4〕指出陶淵明有匡扶晉室的遠大志向，可惜沒有遇到明主，有志不申。吳澄在《陶淵明集補注序》中說：「予嘗謂楚之屈大夫、韓之張司徒、漢之諸葛丞相、晉之陶徵士，是四君子也，其制行也不同，其遭時也不同，而其心一也。一者何？明君臣之義而已。欲為韓而斃呂殄秦者，子房也；欲為漢而誅曹殄魏者，孔明也。雖未能盡如其心，然亦略得伸其志願矣。靈均逆睹讒臣之喪國，淵明坐視強臣之移國，而俱未如之何也。略伸志願者，其事業見於世；未如之何者，將歿世而莫之知，則不得不託之空言，以泄忠憤。」〔註5〕吳澄將陶淵明與屈原、張良、諸葛亮並列為「四君子」，認為他們都是「明君臣之義」的人，尤其是他們對陶淵明只書甲子事，將其作為忠君戀闕的形象來解讀。牟巘在為仇遠所作《山村遺集》序中寫道：

> 仁近嘗有辛丑出西嶽詩，適從何來而欲效淵明耶？自此亦皆以甲子書，似此例者甚眾。而世獨喜言淵明，蓋淵明書甲子凡十二，時自序其平生出處本末略備。庚子鎮東參軍使者，已有「靜想田園好，人間良可辭」之語；辛丑還江陵中途，欲投冠歸故墟以申前志；乙巳建安參軍使者則「田園日夢想」，其意愈迫矣；至秋去為彭澤令八十餘日，遂賦歸去來；義熙元年也，其使事往來及留上京還舊居，皆在此六年中，自此不復出；乙巳至丙辰又十二年，庚戌西田曰：「遙遙沮溺心」；丙辰下潠田舍曰：「遙謝荷蓧翁」，則往而不返，致命遂志無可復言。論淵明者要當以是為斷仇君自號山村，不願富貴而志在田園。正如己酉九日、庚戌西田、丙辰下潠田舍獲耳。是真知慕淵明者，可尚矣。〔註6〕

〔註4〕（元）劉岳申：《申齋集》，臺灣商務印書館1986年版，影印文淵閣四庫全書本，第1204冊，第180～181冊。

〔註5〕（元）吳澄：《陶淵明集補注序》，見《全元文》卷四八五，第359～360頁。

〔註6〕《四庫全書總目提要·山村遺集牟巘序》，中華書局1965年版，第1429頁。

　　牟巘在序中詳細列舉了陶淵明在其詩中所書甲子的例子，從「自此亦皆以甲子書，似此例者甚眾」句可以看出，當時遺民詩人傚仿陶淵明只書甲子已成風尚。牟巘特別指出仇遠《己酉九日》《庚戌西田》《丙辰下澣田舍獲》等詩，不書年號，只記甲子。

　　陶淵明書甲子事被元人解讀為忠於晉朝，將陶淵明視為一個不仕二朝的忠義之士，不斷頌揚，許多詩人尤其是南宋遺民詩人在詩歌中稱頌陶公該事蹟：

　　　　難學夷齊餓首陽，聊效陶潛書甲子。（舒岳祥《解梅嘲》）

　　　　終身書甲子，凜凜義形色。（謝翱《九日》）

　　　　浴光力取虞淵日，示貶忠凝甲子編。（王惲《彭澤二賢堂為江州周使君賦》）

　　　　寒英搖落淵明老，尚見遺編說義熙。（何夢桂《題路菊岩詩稿》）

　　　　不堪生在義熙後，眼見朝廷被篡時。（鄭思肖《題陶淵明集後》）

　　　　淵明胡為作此記，不紀義熙同一意。（方回《桃源行》）

「甲子」、「義熙」在遺民詩人的筆下屢被提及，這與前代詩人崇陶、和陶偏重於歸隱田園的平淡詩風是有所不同的。這些遺民詩人為陶淵明的歸隱找到了「合理」的解釋，所以創作擬陶、效陶、和陶詩，大書特書陶淵明的忠節品格，以陶淵明來進行自我標榜，彰顯了自己的愛國情懷。

　　月泉吟社是南宋末年最有影響的遺民詩歌社團。至元二十三年（1286），吳渭邀請謝翱、方鳳等人以《春日田園雜興》為題徵詩，得到大批文人的響應，自詩題發布到收卷的短短三個月時間，最後共得詩二千七百三十五卷，入選者二百八十卷，刊版者六十卷，數量龐大。發起人吳渭在《詩評》中云：「《春日田園雜興》，此蓋借題於石湖，作者固不可捨田園而泛言，亦不可泥田園而他及。捨之則非此題之詩，泥之則失此題之趣。有因春日田園閒景物，感動性情，意與景融，辭

與意會。一吟風頃悠然，自見其為雜興者，此真雜興也。不明此義而
為此詩，他未暇悉論。往往敘述者多入於賦，稱美者多近於頌，甚者
將雜興二字體貼，而相去益遠矣。諸公長者，惠顧是盟而屑之教。形
容摹寫，盡情極態，使人誦之，如遊輞川，如遇桃源，如共柴桑墟里，
撫榮木，觀流泉，種東皋之苗，摘中園之蔬，與義熙人相爾汝也。」
〔註7〕這裡「義熙人」即指陶淵明，數千人同題集詠，高頌淵明，這
在文學史上可以說是空前絕後的，它說明陶淵明已成為集體崇拜的偶
像。所集詩歌看上去是模山范水、吟風弄月，實際上許多詩歌都隱含
著家國之思、亡國之痛，借詠唱陶淵明來表達自己的志向。月泉吟社
《送詩賞小劄》載：「月泉社吳清翁盟詩，預於丙戌小春望日以春日
田園雜興為題，至丁亥正月望日收卷，月終結局，收二千七百三十五
卷，選中二百八十名，三月三日揭榜。」〔註8〕從「丙戌」、「丁亥」
可以看出，他們也傚仿陶淵明，紀時不題元代年號，只書甲子，可見
他們的用意之深。通過《春日田園雜興》，我們可以看到陶淵明引起
的廣泛共鳴：

> 淵明千古士，佇立此時心。（胡南）
>
> 莫嫌陶令拙，農圃得餘年。（趙必㻮）
>
> 栗里久無彭澤賦，松江僅有石湖詩。（楊本然）
>
> 彭澤歸來惟種柳，石湖老去最能詩。（梁相）
>
> 已學淵明早賦歸，東風吹醒夢中非。（高鎔）
>
> 獨喜桑麻今正長，淵明歸去最知幾。（方尚老）
>
> 試問封侯萬里客，何如守拙晉淵明。〔註9〕（朱釋老）

以上詩句都提到了陶淵明，他們把陶淵明當做榜樣，來標榜自己的高
尚節操。清全祖望曾說：「月泉吟社諸公，以東籬北窗之風，抗節季

〔註7〕（元）吳渭編：《月泉吟社》，見《四庫全書·集部·總集類》第1359
　　　　冊，上海古籍出版社，第620頁。

〔註8〕（元）吳渭編：《月泉吟社》，見《四庫全書·集部·總集類》第1359
　　　　冊，第634頁。

〔註9〕楊鐮主編：《全元詩》，中華書局2013年版，第十三冊。

宋，一時相與撫榮木而觀流泉者，大率皆義熙人相爾汝，可謂壯矣。」
〔註10〕通過吟社徵詩活動，促進遺民詩人們在相互唱和中進一步強化
遺民意識，形成了一個與新朝抗爭的文化群體。

　　對於陶淵明「恥事二姓」的道德評判，並非是從元代開始的。梁
沈約在《宋書·陶潛傳》中說：「自曾祖晉世宰輔，恥復屈身後代，自
高祖王業漸隆，不復肯仕。所著文章，皆題其年月，義熙以前，則書
晉氏年號，自永初以來唯云甲子而已」〔註11〕，這是能看到的關於陶
淵明只書甲子的最早文獻。蕭統《陶淵明傳》記載：「自以曾祖晉世宰
輔，恥復屈身後代。自宋高祖王業漸隆，不復肯仕。」〔註12〕繼承了
沈約的觀點。陽休之《陶集序錄》對陶淵明的文章有所評價，沒有談
陶氏對劉宋的態度。顏之推《顏氏家訓》中提到陶淵明，並沒有展開
論述。後隋唐之際的王通在《中說》中評論陶淵明「放人也。《歸去
來》有避地之心焉，《五柳先生傳》則幾於閉關也」〔註13〕，也沒有
涉及陶淵明的政治傾向。唐代修《晉書》，把陶淵明列入「隱逸」類，
整合了沈約、蕭統所記載的內容，但隱去了陶淵明不仕劉宋的文字。
李延壽《南史》中「自以曾祖晉世宰輔，恥復屈身後代，自宋武帝王
業漸隆，不復肯仕。所著文章，皆題其年月。義熙以前，明書晉氏年
號，自永初以來，唯云甲子而已」〔註14〕一段文字，幾乎全部來自沈
約的《陶潛傳》。隋唐五代時期，詩人推崇陶淵明的孤高情懷和飲酒
之趣，涉及陶淵明忠節的觀點並不多。顏真卿有詩云：「嗚呼陶淵明，
奕葉為晉臣。自以公相後，每懷宗國屯。」〔註15〕第一次在詩中明確
提出這一觀點。後白居易又言：「嗚呼陶靖節，生彼晉宋間。心實有所

〔註10〕　（清）全祖望撰，朱鑄禹匯校集注：《全祖望集匯校集注》，上海古籍
　　　　　出版社 2000 年版，第 1439 頁。
〔註11〕　《陶淵明集箋注》，第 419 頁。
〔註12〕　《陶淵明集箋注》，第 422 頁。
〔註13〕　《陶淵明資料彙編》，第 11 頁。
〔註14〕　見《南史》卷七十五，中華書局 1975 年版，第 1858～1859 頁。
〔註15〕　（唐）顏真卿：《詠陶淵明》，見《全唐詩》卷一百五十二，第 1583
　　　　　頁。

守，口終不能言。」〔註16〕指出陶氏的忠義氣節。宋代推許陶淵明的人品與詩品，但對於他的不仕二朝，並沒有過多的強調，直至宋元之際，情況才發生了根本變化。

異族入主中原對一些漢族士人的心理打擊很大，很多人紛紛隱入山林，選擇做宋遺民。他們從國家大義的層面去審視淵明，出於自身需要有意渲染和拔高陶淵明「恥事二姓」的道德，將其歸隱田園看作是被逼無奈之舉，繼而聯繫到自身的現實遭際，國破家亡、理想破滅等，於是把陶淵明當作精神上的知己。他們推崇陶淵明，傚仿陶淵明隱居山林。關於陶淵明的「恥事二姓」，梁啟超曾說過：「其實，淵明只是看不過當日仕途的混濁，不屑與那些熱官為伍，倒不在乎劉裕的王業隆與不隆，若說專對劉裕嗎？淵明辭官那年，正是劉裕撥亂反正的第二年，何以見得他不能學陶侃之功遂辭歸，便料定他 20 年後會篡位呢？本集《感士不遇賦》的序寫道『自真風告逝，大偽斯興，閭閻懈廉退之節，市朝驅易近之心。』當時士大夫浮華奔竟，廉恥掃地，是淵明痛心的事，他縱然沒有力量移風易俗，起碼也不肯同流合污，把自己的人格喪掉，這是淵明棄官最主要的動機，從他的詩文中到處都可以看出來，若說所爭在什麼姓司馬姓劉的，未免把他看小了。」〔註17〕在梁啟超看來，陶淵明辭官並非「恥事二姓」，他是不堪官場的污濁，希望在田園中過上逍遙自適的生活。

在遺民詩人那裡，陶淵明逐漸成為一個符號，代表著滿腔的忠義、高尚的節操。他們擬陶、和陶的詩歌，遠達不到陶詩的水平，因為他們的心態、思想與陶淵明不同，根本做不到陶淵明那樣的安貧樂道、超脫曠達，故而在詩中無法呈現陶詩那種平淡自然、閒適高遠的詩風，不過是借和陶來懷古傷今罷了，正如舒岳祥所言：「特借題以起興，

〔註16〕　（唐）白居易：《訪陶公舊宅》，見《白居易詩集校注》卷七，中華書局 2006 年版，第 594 頁。
〔註17〕　梁啟超：《梁啟超評歷史人物合集·漢宋卷》，華中科技大學出版社 2018 年版，第 190 頁。

不窘運而學步，於流離奔避之日，而有田園自得之趣，當偃仰嘯歌之際，而寓傷今悼古之懷，迫而裕，樂而憂也。」〔註18〕他們也不能真正體會到陶淵明的歸隱之樂、躬耕之樂，因為他們沉浸在國破家亡的悲恨中，內心鬱悶，衣食無著。他們認為陶淵明歸隱田園是對劉宋王朝的抗爭，所以他們和陶詠陶，也是在間接表達對元廷的不滿和反抗。

第二節　散曲作家對陶淵明「風流」形象的書寫

　　由於科舉制度的廢除，元代知識分子的仕進之路被阻斷，傳統「學而優則仕」的觀念受到嚴重的挑戰。這些知識分子得不到朝廷的重視，大多坎坷蹭蹬，沉淪下僚，精神上也產生孤獨、落寞之感，他們中的一部分人轉向山林隱逸，過著是隱非隱的生活，一部分人落腳勾欄瓦肆，與優伶為伍成為「書會才人」，傾吐胸中憤懣的情緒。元代文人社會地位低下，生活困頓，使他們對傳統思想產生一種反叛心理，並將這種反叛心理帶入寫作中。他們與平民百姓生活在一起，更能體察民間疾苦和社會的不公，所以作品能夠反映社會現實，體現百姓心聲。此外，那些身在仕途的漢族士人，經歷了官場的兇險無常，厭倦了官場的黑暗，也想要避禍全身，嚮往隱逸的生活。對功名的無奈，對仕途的厭倦，再加上生活上的困頓與精神上的苦悶，這些都使元代文人與陶淵明更加貼近，所以元代散曲作家詠陶的現象十分普遍：「慨歎世情險惡，嚮往歸隱田園的作品，是元散曲中數量較多、佔有重要地位的部分。通過對『掛冠』、『歸隱』、『恬退』、『山居』以至於『道情』的詠唱，從另一角度反映了元代社會的黑暗。」〔註19〕在元散曲作家的筆端，陶淵明的隱居生活擺脫了貧困與煩憂，取而代之的是美好、悠閒的生活，呈現出一個「風流」的陶公形象。

〔註18〕　（元）舒岳祥：《劉正仲和陶集序》，見《閬風集》卷十，第 4a～5b 頁。
〔註19〕　鄧紹基主編：《元代文學史》，人民文學出版社 1991 年版，第 309 頁。

一、嘯傲田園的隱士

　　元代取消了科舉，加之嚴格的等級制度，文人們的社會地位急轉直下，一直生活在社會底層。對功名的無望，對生活的憤嫉，精神上的苦悶和生活上的困頓，這些都使元代文人更加親近隱逸山林的生活。退隱林泉成為知識分子解脫困境、寄託情感的方式，他們需要給漂泊無依的精神尋找歸宿。無法建功立業，他們轉而希望像淵明一樣以隱留名，追尋人生的價值和意義。很多元曲作家喜歡描繪陶淵明的隱居生活，在他們的筆下，陶淵明生活在優美的自然環境之中，賞菊、栽花、種柳，生活十分悠閒：

> 秋景堪題。紅葉滿山溪。松徑偏宜。黃菊繞東籬。正清樽潑醅。有白衣勸酒杯。官品極。到底成何濟。歸。學取他淵明醉。[註20]（關漢卿【雙調・碧玉簫】）

> 烏紗裹頭。清霜籬落。黃葉林丘。淵明彭澤辭官後，不事王侯。愛的是青山舊友。喜的是綠窗新篘。相逗逗。金樽在手。爛醉菊花秋。[註21]（徐𣌾《中呂・滿庭芳》）

> 羨柴桑處士高哉。綠柳新栽。黃菊初開。稚子牽衣。山妻舉案。喜動蒿萊。審容膝清幽故宅。倍怡顏瀟灑書齋。隔斷塵埃。五斗微官。一笑歸來。[註22]（鮮于必仁【雙調・折桂令】《晉處士》）

> 學邵平坡前種瓜。學淵明籬下栽花。旋鑿開菡萏池。高豎起茶蘼架。悶來時石鼎烹茶。無是無非快活煞。鎖住了心猿意馬。[註23]（盧摯【雙調・沉醉東風】《閒居》）

陶淵明擺脫了生活中的貧困與精神上的苦悶，被塑造成為一位在美景、美酒包圍中悠然生活的風流雅士形象。通過描寫陶氏自得其樂的鄉野生活，突出隱居之歡愉，流露出親近自然、厭棄功名的思想。有的散曲家還不斷歌頌陶淵明的歸去來兮，想要傚仿他的隱居生活，如

〔註20〕　《全元散曲》（上），第 165 頁。
〔註21〕　《全元散曲》（下），第 1944 頁。
〔註22〕　《全元散曲》（上），第 393 頁。
〔註23〕　《全元散曲》（上），第 113 頁。

馬致遠【南呂‧四塊玉】《恬退》：

綠鬢衰。朱顏改。羞把塵容畫麟臺。故園風景依然在。
三頃田。五畝宅。歸去來。

綠水邊。青山側。二頃良田一區宅。閒身跳出紅塵外。
紫蟹肥。黃菊開。歸去來。

翠竹邊。青松側。竹影松聲兩茅齋。太平幸得閒身在。
三徑修。五柳栽。歸去來。

酒旋沽。魚新買。滿眼雲山畫圖開。清風明月還詩債。
本是個懶散人。又無甚經濟才。歸去來。〔註24〕

上曲使用陶詩中的「柳」、「菊」、「五畝宅」等經典意象，構成了一幅
風光秀美的田園圖景。那裡沒有隱居的孤獨落寞，呈現出怡然自樂的
畫面。馬致遠晚年以「東籬」為號，表達其嚮慕淵明，出離塵世的情
感。然而馬致遠並非從一開始就想隱居避世的，他也有著積極用世之
心：「至元年間，忽必烈『遵用漢法』的舉措及朝廷關於恢復科舉的努
力，頻頻點燃馬致遠進取功名的火炬，並為之付出了艱辛的努力。但
『二十年漂泊生涯』換得的卻是『登樓意，恨無上天梯』、『半紙來大
功名一旦休』。這不能不引起他痛徹心脾的悲憤、悵惘和失落。儘管
如此，他仍不甘心於『老了棟樑才』，繼續『枕上憂，馬上愁』的上下
求索」，後來雖然謀得吏職，卻是「官卑職冷，備嘗酸辛，且親眼目睹
了官場的黑暗與齷齪。」〔註25〕馬致遠也是在官場失意的背景之下，
轉向對隱逸生活的追求。

又如張可久【中呂‧普天樂】《次韻歸去來》：

草堂空。柴門閉。放閒柳枝。伴老山妻。誰傳紅錦詞。
自說白雲偈。照下淵明休官例。和一篇歸去來兮。瓜田後溪。
梅泉下竺。菊圃東籬。〔註26〕

〔註24〕《全元散曲》（上），第233～234頁。
〔註25〕張大新：《現實的失落與解脫的困惑——馬致遠作品主體意識的文化
　　　　心理透視》，見《文學遺產》2009年第3期。
〔註26〕《全元散曲》（上），第780頁。

與馬致遠一樣，張可久也一生奔波飄零，一方面他無法拋卻用世之
心，另一方面又看不慣元廷混亂的吏治，他的一生幾乎徘徊於仕隱之
間，陶淵明成為他追慕的對象。元散曲家們長期沉淪下僚，無法實現
兼濟天下的宏偉抱負，只好獨善其身，在贊陶曲作中表達對遠離社會
現實、逍遙自適的隱居生活的嚮往。

二、鄙視功名的達者

　　元散曲家歌頌陶淵明厭惡官場、鄙視功名、「不為五斗米折腰」
的孤高品格，塑造出一個不戀功名、不甘被驅役的達者形象：

　　　　晉時陶元亮。自負經濟才，恥為彭澤一縣宰。栽。統籬
　　黃菊開。傳千載。賦一篇歸去來。〔註27〕（吳弘道【南呂‧
　　金字經】）

　　　　那老子覷功名如夢蝶。五斗米腰懶折。百里侯心便捨。
　　十年事可嗟。九日酒須賒。種著三徑黃花。栽著五株楊柳。
　　望東籬歸去也。〔註28〕（徐再思【黃鐘‧紅錦袍】）

　　　　達時務呼為俊傑。棄功名豈是癡呆。腳不登王粲樓。手
　　莫彈馮驩鋏。賦歸來竹籬茅舍。今古陶潛是一絕。為五斗腰
　　肢倦折。〔註29〕（汪元亨【雙調‧沉醉東風】《歸田》）

　　　　官資新受。功若將就。折腰為在兒曹轂。賦歸休。便抽
　　頭。黃花恰正開時候。籬下自教巾漉酒。功。也罷手。名，
　　也罷手。〔註30〕（陳草庵【中呂‧山坡羊】）

「恥為彭澤一縣宰」、「那老子覷功名如夢蝶」、「為五斗腰肢倦折」，
曲中的陶淵明傲視權貴、鄙視功名，成為功名利祿的對立面，代表著
甘守清貧的高潔情操。

　　時代也喚起了散曲家對歷史的思考，對功名價值的反思。與前代
詠史懷古詩不同，元散曲家對歷史的詠懷，不再聚焦於歷史興亡更替

〔註27〕　《全元散曲》（上），第 727 頁。
〔註28〕　《全元散曲》（下），第 1033 頁。
〔註29〕　《全元散曲》（下），第 1385 頁。
〔註30〕　《全元散曲》（上），第 146 頁。

上，而是把目光投向了那些超越了功利的逍遙人物，所以在他們的作品中常常可以看到事功型歷史人物如伍子胥、李斯、韓信、諸葛亮等，都遭到了元散曲家的揶揄與否定；對以陶淵明為代表的隱逸人物如范蠡、嚴光、張良等則大加讚賞，有的作品還把屈原與陶淵明並舉，貶抑屈原，尊崇淵明，二者形成了鮮明的對比：

> 楚大夫行吟澤畔。伍將軍血污衣冠。烏江岸消磨了好漢。咸陽市干休了丞相。這幾個百般。要安。不安。怎如俺五柳莊逍遙散誕？〔註31〕（張養浩【雙調·沽美酒兼太平令】）

> 金谷園那得三生富。鐵門限枉作千年妒。汨羅江空把三閭污。北邙山誰是千鍾祿。想應陶令杯，不到劉伶墓。怎相逢不飲空歸去。〔註32〕（鄭光祖【正宮·塞鴻秋】）

> 長醉後方何礙。不醒時有甚思。糟醃兩個功名字。醅淹千古興亡事，曲埋萬丈虹霓志。不達時皆笑屈原非。但知音盡說陶潛是。〔註33〕（白樸【仙呂·寄生草】《飲》）

> 陶朱公釣船。晉處士田園。潛居水陸脫塵緣。比別人處遠。賢愚參雜隨時變。醉醒和哄迷歌宴。清濁混沌待殘年。休呆波屈原。〔註34〕（張可久【正宮·醉太平】《無題》）

以上例子，有的笑屈原不達時務，有的否定屈原自沉汨羅，還有的否定屈原與世俗的抗爭，視之為「癡」與「呆」。作為屈原的對立面，陶淵明在抱負難以施展的時候，並沒有像屈原一樣執著於念，而是選擇歸隱田園，顯示出了智者的從容和超脫。他們還常常以「醉」和「醒」來刻畫二人：

> 采薇首陽空忍饑。枉了爭閒氣。試問屈原醒。爭似淵明醉。早尋個穩便處閒坐地。〔註35〕（鍾嗣成【雙調·清江引】）

〔註31〕《全元散曲》（上），第 401 頁。
〔註32〕《全元散曲》（上），第 462～463 頁。
〔註33〕《全元散曲》（上），第 193 頁。
〔註34〕《全元散曲》（上），第 844 頁。
〔註35〕《全元散曲》（下），第 1361～1362 頁。

常笑屈原獨醒。理論甚斜和正。渾清。爭。一事無成。
巧羅江傾送了殘生。無能。我料這裡直。難買人世情。順時
和光。倒得安寧。靜處潛。深山裏隱。且養疏慵。願學陶淵
明。卸印歸三徑。不爭名，不爭名。曾共高人論。且妝惛。
且妝惛。識破南柯夢。〔註36〕（無名氏【中呂・齊天樂過紅
衫兒】《幽居》）

屈原是「醒」的代表，他憂國憂民品行高潔，與黑暗的政治勢力鬥爭
到底，卻一事無成，最後以死明志。而陶淵明是「醉」的代表，達時
務，知進退：

達時務。薄利名。秋風吹動田園興。鉏瓜邵平。思蓴季
鷹。採菊淵明。清淡老生涯。進退知天命。〔註37〕（查德卿
【雙調・慶東原】）

達時務呼為俊傑。棄功名豈是癡呆。腳不登王粲樓。手
莫彈馮驩鋏。賦歸來竹籬茅舍。今古陶潛是一絕。為五斗腰
肢倦折。〔註38〕（汪元亨【雙調・沉醉東風】《歸田》）

元散曲中的這種抑屈崇陶傾向，與歷史上對屈原、陶淵明的總體評價
形成巨大反差，折射出了元曲家對當時所處社會的態度，即面對野蠻
的統治、無序的社會，像屈原那樣積極於建功立業，甚至捨生取義已
經是徒勞無益、毫無意義的行為，個體的生命價值更為重要。元散曲
家嘲笑屈原這些事功型的歷史人物，也是他們面對無奈現實社會而發
出的憤激之語，正如李劍鋒教授所言：「在元人眼中，他們又都是品
節高潔，傲然獨立，有自己追求和理想的文人。因此他們的精神實質
上是息息相通的。他們在追求過程中表面相反而實質相同的特點，使
有追求的元人在是陶非屈、頌陶嘲屈時流露出憤世、自嘲的普遍心態，
屈原的路已經走不通，只好轉而去學陶淵明。」〔註39〕他們認識到屈

〔註36〕　《全元散曲》（下），第1712～1713頁。
〔註37〕　《全元散曲》（下），第1162頁。
〔註38〕　《全元散曲》（下），第1385頁。
〔註39〕　李劍鋒：《元代屈陶並稱與是陶非屈論》，《山東師範大學學報》，2007
　　　　年第3期。

原「上下而求索」的人生追求在元代行不通，不如追隨陶淵明歸隱林泉的詩酒生活，求得心靈的解脫。

三、逍遙自任的飲者

陶淵明愛酒，在他的詩歌中「疑篇篇有酒」，他飲者的形象也受到歷代文人的認可。在元散曲家筆下，陶淵明是一個自由疏狂的飲者形象：

> 范蠡黃金像。謫仙白玉杯。不若淵明解印歸。誰。似他能見機。醺醺醉。免人談是非。〔註40〕（張可久【南呂‧金字經】《樂閒》）

> 淵明籬下飲菊杯。全不想彭澤。每日醺醺沉醉。無是非快活了便宜。〔註41〕（無名氏【雙調‧一錠銀】）

> 盈虛妙自胸中蓄。萬事幽傳一掌間。不如長醉酒壚邊。是非潛。終日樂堯年。〔註42〕（馬致遠【中呂‧喜來春】《六藝‧數》）

> 淵明賞菊在東籬下。終日飲流霞。〔註43〕（貫石屏【仙呂‧村裏迓鼓】《隱逸》）

元散曲中的陶淵明不再是自斟自酌或與友人同飲，而常常是「醺醺醉」、「醉倒」、「長醉」的狀態。元散曲家流連於酒肆歌樓，過著浪子風流的生活，如關漢卿所言：「玩的是梁園月，飲的是東京酒，賞的是洛陽花，攀的是章臺柳。」內心的失落、生活的不如意使他們追求放蕩不羈的生活，他們用這種狂放的狀態來尋求心靈的適意，排遣精神上的苦悶。所以，在他們的筆下，陶淵明也成為了一個整日醉醺醺的形象，是他們內心的投影。在元散曲中還往往把「風流」與陶淵明聯繫在一起：

〔註40〕 《全元散曲》（上），第 983 頁。
〔註41〕 《全元散曲》（下），第 1768 頁。
〔註42〕 《全元散曲》（上），第 240 頁。
〔註43〕 《全元散曲》（上），第 387 頁。

喜歸休。中年後。放懷詩酒。到處追遊。羅綺圍。笙歌
奏。正值黃花開時候。把陶淵明生紐得風流。霜林簇錦。吉
山展翠。煙木橫秋。〔註44〕（張養浩【中呂・普天樂】《秋
日》）

九秋天。三徑邊。綻黃花遍撒金錢。露春纖把花笑撚。
捧金杯酒頻勸。暢好是風流如五柳莊前。〔註45〕（關漢卿
【雙調・新水令】《二十換頭》）

寒英和雨結船頭。翠葉鋪煙起舵樓，霜枝立月牙檣瘦。
泛清香滿棹秋，比浮花浪蕊優游。駕銀漢星槎夢。載金莖玉
露酒。江湖上陶令風流。〔註46〕（喬吉【雙調・水仙子】《菊
舟》）

歸來重整舊生涯。瀟灑柴桑處士家。草庵兒不用高和
大。會清標豈在繁華。紙糊窗。柏木榻。掛一幅單條劃。供
一枝得意花。自燒香童子煎茶。〔註47〕（張雨【雙調・水仙
子】）

在這些涉陶作品中，散曲家們一致推崇與讚美陶淵明，對陶公的田園
隱逸生活表現出前所未有的肯定與嚮往。我們看到了一個過著閒適生
活、無所牽絆、詩酒風流的浪子形象。

李昌集先生稱元代散曲的文學精神是避世與玩世的哲學，可謂十
分精闢的見解。元代知識分子對傳統思想的反叛比任何時期的知識分
子都要大膽，他們用放達、率真的表達方式，來表現對這個社會的不
滿。元散曲作家筆下的陶淵明集隱士、達者、飲者於一身，詩酒風流、
逍遙自任，全然忽略了陶淵明貧苦、落魄的一面，充滿了理想化的色
彩。元散曲家通過對這種隱逸生活的嚮往與肯定，表達了對陶淵明閒
適自如、獨善其身的生存方式的高度認同。

〔註44〕　《全元散曲》（上），第 423 頁。
〔註45〕　《全元散曲》（上），第 182 頁。
〔註46〕　《全元散曲》（上），第 627～628 頁。
〔註47〕　《全元散曲》（下），第 1942 頁。

　　元人對陶淵明風流形象的塑造同當時的社會環境有關。當傳統文人的光環不再，他們拋卻了儒生應有的溫、良、恭、儉、讓等行為規範，混跡勾欄瓦肆，與下層民眾為伍，「躬踐排場，面敷粉墨，以為我家生活，偶倡優而不辭」〔註48〕，他們在心理上已經從儒家的責任中解脫出來，不把齊家治平作為自己的人生奮鬥目標，轉而更多地關注自我，追求物質享受，所以浪跡山林、酣飲大醉、娛樂身心成為他們日常生活的一部分，在元散曲中就呈現出這種風流放浪的世俗情趣。元代實行的一系列民族政策與文化制度對漢族文人來說影響很大，他們賴以實現人生理想和自我價值的土壤已不復存在。社會方方面面發生的變化給文人士子的內心造成巨大衝擊，傳統的價值觀念以及人生理想化為泡影。儒家所主張的積極用世、兼濟天下的一面在現實中已變得很難實現。於是，元代文人不得不退而走「獨善其身」的道路，回歸自然，棲身林泉，更多地去關注和思考人類自身的命運和存在方式。〔註49〕儒家傳統的「忠君」、「事功」等價值觀在散曲家心目中也發生了動搖，所以像屈原這樣的積極用世的忠義形象便遭到了他們的嘲諷和否定，而與世無爭、超凡脫俗的陶淵明就成了他們傚仿的對象，以此來逃避現實。他們並不在意陶淵明隱居的真實生活是如何地艱辛，而是一味地推崇它，刻意去美化它。他們筆下的陶淵明都摻雜著自我情感，成為藝術化的陶淵明，與陶的本來面目已相去甚遠。

　　陶淵明之所以在元代出現「忠節」與「風流」兩種差異較大的形象，與接受群體的不同息息相關。南宋遺民受儒家思想影響較深，如王惲、牟巘、方夔、吳澄等人皆為當時大儒，儒家詩教在他們思想中仍佔據主導地位，他們注重氣節，所以隱入山林不仕二朝，「豈其千金軀，為此一餐謀。」〔註50〕面對家國巨變，他們不約而同地迸發出

〔註48〕陳懋循：《元曲選序》，見《元曲選》，中華書局1958年版，第3頁。

〔註49〕呂海清：《論元散曲中的屈原與陶淵明》，2010年山西大學碩士學位論文，第45頁。

〔註50〕（元）戴表元：《丙午二月十五日以府檄出宿了岩》，見《剡源文集》卷二十七，第22b頁。

忠憤慷慨之氣，哀故國、傷民生、頌忠義，在對陶淵明的接受上是以繼承其儒家思想為前提的。而元散曲作家群體大多游離於王朝統治集團之外，或流落市井，或不堪吏職，他們心懷怨憤，在感歎世道的黑暗不公和個人命運多舛的同時，也對儒家傳統的人生方式和價值觀念進行反思，進而產生懷疑和牴觸，表現出了反叛性。因此，他們將陶淵明作為儒家積極入世文化的反叛者加以歌頌和傚仿，從而否定儒家的道德規範。市井勾欄的熱鬧繁華、世俗生活的快活享樂已經成為散曲家們生活中不可或缺的一部分，他們開始遊戲人生、玩世不恭，並形成一種安於現狀、不思進取的消極人生態度，所以陶淵明也被塑造為鄙棄功名、流連詩酒、風流放浪的形象，這些都是他們內心感情的投射。

結　語

　　統觀元代 328 首「和陶詩」，追和者既有當朝高官，又有遺民、隱士，還有不得志的學官下吏與僧人等。雖然他們的身份、人生經歷不同，但都欣賞陶淵明高簡閒靖的人格、安貧樂道的人生態度，在「和陶詩」中表達了對隱逸生活的嚮往、對高潔人格的追求、對世俗名利的厭倦。在詩歌藝術上，善用與陶淵明相關的典故、意象，學習陶淵明平易質樸的語言與沖淡自然的詩風，並融入自己的思想情感，因此元代的「和陶詩」與陶詩呈現出「和而不同」的面目。在這些「和陶詩」中，既有追求相似，對陶詩亦步亦趨地模仿的，又有借陶「外衣」，抒發一己胸臆的。可以說，「和陶詩」成為元代文人抒發感情的獨特「載體」，從中可以看到他們不同的人生遭際、思想傾向與矛盾心態，「和陶詩」成為元代文人展示內心世界的一個窗口。通過郝經的「和陶詩」，我們可以窺見他被羈押真州時的生活狀況與心理狀態，對研究郝經思想性格的豐富性具有重要的補充價值。劉因的「和陶詩」則集中體現了一位理學家的濟世之心和對儒家文化的關懷。方回和陶，表達對陶淵明人格精神的追慕，對降元行為的追悔。戴良則以陶淵明激勵自己，堅守作為前朝遺民的節操。

　　元代「和陶詩」的創作既有對宋代的繼承，又有自身的開拓，元人在「和陶詩」中更多地表現出遺民心態，著重強調陶淵明「不事二

朝」的氣節與固窮安貧的精神，這是時代因素使然。元代的「和陶詩」為陶淵明人物形象的理想化塑造與文學影響力的不斷擴大起到了積極推動的作用。通過和陶，元代文人更為深入地走進陶淵明的精神世界，同時也集中展現了元代文人的群像，在和陶的似與不似之間，表達著各不相同的人生感悟。

　　元代「和陶詩」是元代陶淵明接受的重要表現形式，和陶不僅是一種單純的詩歌創作，也成為文人騷客唱和、宴飲、同題集詠的一項雅事，成為一種文化現象。此外，元代文人還通過散曲這一文學體裁，塑造了陶淵明的「風流」形象，這是元代陶淵明接受的另一個突出特點。

參考文獻

一、典籍部分

1. 《漢書》：（漢）班固撰，中華書局，2016 年版。

2. 《宋書》：（梁）沈約撰，中華書局，1974 年版。

3. 《梁書》：（唐）姚思廉等撰，中華書局，1973 年版。

4. 《晉書》：（唐）房玄齡等撰，中華書局，1974 年版。

5. 《南史》：（唐）李延壽撰，中華書局，1975 年版。

6. 《新唐書》：（宋）歐陽修、宋祁等撰，中華書局，1975 年版。

7. 《宋史》：（元）脫脫等撰，中華書局，1977 年版。

8. 《元史》：（明）宋濂等撰，中華書局，1999 年版。

9. 《新元史》：柯劭忞撰，張京華，黃曙輝總校，上海古籍出版社，2018 年版。

10. 《明史》：（清）張廷玉等撰，中華書局，1974 年版。

11. 《文選》：（梁）蕭統編、唐李善注，上海古籍出版社，1986 年版。

12. 《陶淵明集》：（晉）陶淵明著，逯欽立校注，中華書局，1979 年版。

13. 《陶淵明集箋注》：袁行霈撰，中華書局，2011 年版。

14. 《王無功文集》：（唐）王績撰，上海古籍出版社，1987 年版。

15.《孟浩然詩集箋注》：（唐）孟浩然撰，佟培基箋注，上海古籍出版社，2013 年版。

16.《王維集校注》：（唐）王維著，陳鐵民校注，中華書局，1977 年版。

17.《王右丞集箋注》：（唐）王維著，趙殿成撰，上海古籍出版社，1984 年版。

18.《李太白全集》：（唐）李白著，清王琦注，中華書局，1977 年版。

19.《杜甫全集校注》：蕭滌非等編，人民文學出版社，2014 年版。

20.《白居易集》：（唐）白居易著，顧學頡校點，中華書局，1999 年版。

21.《梅堯臣集編年校注》：（宋）梅堯臣著，朱東潤校注，上海古籍出版社，2006 年版。

22.《蘇軾文集》：（宋）蘇軾著，孔凡禮點校，中華書局，1986 年版。

23.《蘇軾詩集》：（宋）蘇軾著，孔凡禮點校，中華書局，1982 年版。

24.《蘇軾詞編年校注》：（宋）蘇軾著，鄒同慶、王宗唐校注，中華書局，2002 年版。

25.《蘇轍集》：（宋）蘇轍著，陳宏天、高秀芳點校，中華書局，1990 年版。

26.《欒城後集》：（宋）蘇轍著，中華書局，1990 年版。

27.《豫章黃先生文集》：（宋）黃庭堅著，上海書店，1989 年版。

28.《張耒集》：（宋）張耒著，李逸安、孫通海、傅信點校，中華書局，1990 年版。

29.《李綱全集》：（宋）李綱著，嶽麓書社，2004 年版。

30.《元遺山詩集箋注》：（金）元好問著，清施國祁箋注，人民文學出版社，1995 年版。

31.《詹若麟淵明集補序》：（清）陶澍著，中華書局，1973 年版。

32.《閬風集》：（元）舒岳祥撰，《四庫全書》本。

33.《郝文忠公陵川文集》：（元）郝經撰，明正德年間鄂州刊本。

34.《陵川集》:(元)郝經著,書目文獻出版社,1988 年版。

35.《桐江集》:(元)方回著,江蘇古籍出版社,1988 年版。

36.《桐江續集》:(元)方回撰,《四庫全書》本。

37.《陵陽集》:(元)牟巘撰,《四庫全書》本。

38.《秋澗集》:(元)王惲撰,《四庫全書》本。

39.《王惲全集匯校》:(元)王惲著,楊亮等點校,中華書局,2013
年版。

40.《剡源戴先生文集》:(元)戴表元撰,《四部叢刊》本。

41.《金淵集》:(元)仇遠撰,《四庫全書》本。

42.《仇遠集》:(元)仇遠著,張慧禾點校,浙江大學出版社,2012
年版。

43.《富山遺稿》:(元)方夔撰,《四部叢刊》本。

44.《靜修先生文集》:(元)劉因撰,《四部叢刊》影印元至順間刊本。

45.《靜修集》:(元)劉因著,臺北商務印書館,1983 年版。

46.《靜修先生集》(元)劉因著,商務印書館,1936 年版。

47.《松鄉集》:(元)任士林撰,《四庫全書》本。

48.《默庵集》:(元)安熙撰,《四庫全書》本。

49.《淵穎集》:(元)吳萊撰,《四部叢刊》本。

50.《九靈山房集》:(元)戴良撰,《四部叢刊》影印明正統黑口本。

51.《九靈山房集》:(元)戴良著,中華書局,1985 年版。

52.《戴良集》:(元)戴良著,李軍、施賢明點校,吉林文史出版社,
2009 年版。

53.《滋溪文稿》:(元)蘇天爵著,陳高華、孟繁清點校,中華書局,
1977 年版。

54.《密庵集》:(明)謝肅著,上海古籍出版社,1985 年版。

55.《全祖望集匯校集注》:(清)全祖望著,朱鑄禹校注,上海古籍
出版社,2002 年版。

56.《全唐詩》:(清)彭定求等撰,中華書局,2018 年版。

57.《元詩選》：（清）顧嗣立撰，臺北商務印書館，1986 年版。

58.《全元詩》：楊鐮主編，中華書局，2013 年版。

59.《全元文》：李修生主編，江蘇古籍出版社，1998 年版。

60.《四庫全書總目》：（清）永瑢等撰，中華書局，1965 年版。

61.《文心雕龍注釋》：（梁）劉勰撰，周振甫注釋，人民文學出版社，1981 年版。

62.《詩品集注》：（梁）鍾嶸著，曹旭集注，上海古籍出版社，1994 年版。

63.《唐詩品匯》：（明）高棅撰，上海古籍出版社，1982 年版。

64.《詩藪》：（明）胡應麟著，上海古籍出版社，1979 年版。

65.《古詩源》：（清）沈德潛撰，中華書局，2012 年版。

66.《歷代詩話》：（清）何文煥輯，中華書局，2004 年版。

67.《歷代詩話續編》：（清）丁福保輯，中華書局，2006 年版。

68.《甌北詩話》：（清）趙翼撰，人民文學出版社，1963 年版。

69.《歸田類稿》：（元）張養浩撰，臺灣商務印書館，1986 年版。

70.《可齋續稿》：（宋）李曾伯撰，臺灣商務印書館，1986 年版。

71.《容齋隨筆》：（宋）洪邁著，上海古籍出版社，1996 年版。

72.《捫虱新話》：（宋）陳善著，上海書店，1990 年版。

73.《癸辛雜識》：（元）周密撰，吳企明點校，中華書局，1997 年版。

74.《宋元學案》：（清）黃宗羲著，黃百家輯，全祖望修訂，中華書局，1982 年版。

75.《珍珠船》：（明）胡侍著，齊魯書社，1995 年版。

76.《清詩話續編》：郭紹虞編，上海古籍出版社，1999 年版。

二、論著部分

1. 王國維：《宋元戲曲史》，上海古籍出版社，1998 年版。

2. 王國維：《人間詞話》，上海古籍出版社，2004 年版。

3. 錢基博：《中國文學史》，中華書局，1993 年版。

4. 楊伯峻:《論語譯注》,中華書局,1980 年版。

5. 朱光潛:《詩論》,三聯書社,1984 年版。

6. 錢鍾書:《談藝錄》,中華書局,1984 年版。

7. 李澤厚:《美學三書》,安徽文藝出版社,1999 年版。

8. 郭紹虞:《中國文學批評史》,百花文藝出版社,2001 年版。

9. 王運熙、顧易生:《中國文學批評史新編》,復旦大學出版社,2001 年版。

10. 么書儀:《元代文人心態》,人民文學出版社,2013 年版。

11. 傅璇琮:《宋才子傳箋證》,遼海出版社,2011 年版。

12. 袁行霈:《陶淵明研究》,北京大學出版社,1997 年版。

13. 葉嘉瑩:《迦陵論詩叢稿》,中華書局,1984 年版。

14. 鄧紹基:《元代文學史》,人民文學出版社,1991 年版。

15. 李修生、查洪德:《遼金元文學研究》,北京出版社,2001 年版。

16. 楊鐮:《元詩史》,人民文學出版社,2003 年版。

17. 范子燁師:《春蠶與止酒──互文性視域下的陶淵明詩》,社科文獻出版社,2012 年版。

18. 曹旭:《詩品研究》,上海古籍出版社,1998 年版。

19. 戴建業:《澄明之境·陶淵明新論》,華中師範大學出版社,1998 年版。

20. 張宏生:《宋詩融通與開拓》,上海古籍出版社,2001 年版。

21. 陳衍:《元詩紀事》,上海古籍出版社,1987 年版。

22. 包根弟:《元詩研究》,幼獅文化事業公司,1978 年版。

23. 蕭啟慶:《元代的族群文化與科舉》,聯經出版事業股份有限公司,2008 年版。

24. 蕭啟慶:《內北國而外中國──蒙元史研究》,中華書局,2007 年版。

25. 蕭啟慶:《元代代史新探》,新文豐出版社,1983 年版。

26. 李劍鋒:《元前陶淵明接受史》,齊魯書社,2002 年版。

27. 劉中文：《唐代陶淵明接受研究》，中國社會科學出版社，2006 年版。

28. 〔德〕H.R.姚斯，〔美〕R.C.霍拉勃著，周寧、金元浦譯：《接受美學與接受理論》，遼寧人民出版社 1987 年版。

29. 北京師範大學中文系，北京大學中文系文學史教研室：《陶淵明資料彙編》，中華書局，2005 年版。

30. 四川大學中文系：《蘇軾資料彙編》，中華書局，2004 年版。

31. 鍾憂民：《陶淵明研究資料新編》，吉林教育出版社，2000 年版。

32. 鄭臨川：《聞一多論古典文學》，重慶出版社，1984 年版。

33. 郭紹虞：《原詩、一瓢詩話、說詩晬語》，人民文學出版社，1979 年版。

34. 陳伯海：《歷代唐詩論評選》，河北大學出版社，2003 年版。

35. 李慶甲：《瀛奎律髓匯評》，上海古籍出版社，1984 年版。

36. 劉乃昌：《宋詩三百首評注》，齊魯書社，2004 年版。

37. 陳良運：《中國歷代詩學論著選》，百花洲文藝出版社，1995 年版。

38. 李昌集：《中國古代散曲史》，華東師範大學出版社，2007 年版。

39. 王大鵬：《中國歷代詩話選》，嶽麓書社，1985 年版。

40. 許逸民：《陶淵明年譜》，中華書局，1986 年版。

41. 張晶：《遼金元詩歌史論》，吉林教育出版社，1995 年版。

42. 劉剛強：《王國維美論文選》，湖南人民出版社，1987 年版。

43. 朱靖華：《蘇軾論》，京華出版社，1997 年版。

44. 宋丘龍：《蘇軾和陶淵明詩之比較研究》，臺灣商務印書館，1985 年版。

45. 郭紹虞、錢仲聯、王遽常：《萬首論詩絕句》，人民文學出版社，1991 年版。

三、論文部分

1. 袁行霈：《論和陶詩及其文化意蘊》,《中國社會科學》, 2003 年第 6 期。

2. 么書儀：《維護「本質」的退避——劉因「操守」別解》,《陰山學刊》, 1991 年第 2 期。

3. 蔣寅：《陶淵明隱逸的精神史意義》,《求是學刊》, 2009 年第 5 期。

4. 黃卉：《元散曲中的陶淵明形象》,《南京師範大學文學院學報》, 2006 年第 4 期。

5. 高建新：《陶淵明在元明清及近代的地位及影響》,《零陵學院學報》, 2003 年第 3 期。

6. 張大新：《現實的失落與解脫的困惑——馬致遠作品主體意識的文化心理透視》,《文學遺產》, 2009 年第 3 期。

7. 李劍鋒：《元代屈陶並稱與是陶非屈論》,《山東師範大學學報》, 2007 年第 3 期。

8. 李劍鋒：《隋唐五代陶淵明接受史概論》,《山東師大學報》, 2001 年第 3 期。

9. 呂海清：《論元散曲中的屈原與陶淵明》, 山西大學碩士學位論文, 2010 年。

10. 藺文龍：《由尊屈到崇陶——中國貶謫詩人心態探微》, 河北師範大學碩士學位論文, 2003 年。

11. 王輝斌：《元初詩人郝經詩歌論》,《寧夏師範學院學報》, 2011 年第 5 期。

12. 董再琴：《郝經的和陶詩評議》,《太原師範學院學報》, 2012 年第 4 期。

13. 劉潔：《吾有吾廬心亦安——論郝經「和陶詩」精神家園的構築》,《蘇州教育學院學報》, 2015 年第 2 期。

14. 賈秀云：《元代儒學倡導者的悲歌——郝經〈和陶詩〉研究》,《晉陽學刊》, 2005 年第 2 期。

15. 王舜華、馮榮珍：《郝經「和陶詩」的研究》，《名作欣賞》，2009 年第 9 期。

16. 唐朝暉：《隱逸與盡忠——元遺詩人接受史中的陶淵明》，《甘肅社會科學》，2010 年第 1 期。

17. 高文：《劉因和陶詩及其隱逸文化人格探論》，《湖南科技學院學報》，2007 年第 8 期。

18. 羅海燕：《一卷和陶詩 滿腔忠義忱——論戴良的和陶詩創作》，《重慶教育學院學報》，2011 年第 4 期。

19. 魏青：《語淡思逸：元遺民戴良和陶詩述論》，《銅仁學院學報》，2016 年第 2 期。

20. 朱春潔：《戴良和陶飲酒詩與陶淵明飲酒詩的差異比較》，《文教資料》，2015 年第 35 期。

21. 夏小鳳：《步武淵明，追悔己身——方回和陶詩芻論》，《瀋陽工程學院學報》，2012 年第 2 期。

22. 張靜：《郝經與方回和陶〈飲酒〉詩之比較》，《山西大同大學學報》，2008 年第 1 期。

23. 葉愛欣、王山林：《元初劉因「和陶詩」的內蘊》，《平頂山師專學報》，2001 年第 1 期。

24. 徐子方：《人格自尊與文化道尊——劉因心態剖析》，《徐州師範大學學報》，2003 年第 4 期。

25. 周靜：《論方回的崇陶與學陶》，《求索》，2008 年第 3 期。

26. 晏選軍：《戴良考論——元代遺民系列研究之一》，《中國文學研究》，2004 年第 2 期。

27. 袁宗剛：《戴良渡海入山東時期心態及文學思想研究》，《文藝評論》，2011 年第 6 期。

28. 張媛：《論元明清戲曲中陶淵明形象作品及文化意蘊》，《文教資料》，2009 年第 1 期。

29. 高文：《元代文人「後陶淵明情結」的文化審視》，《社會科學輯刊》，2007 年第 4 期。

30. 林紅：《元遺民詩人的群體文化特徵》，《社會科學戰線》，2004 年第 4 期。

附錄　元代「和陶詩」文獻輯錄

一、舒岳祥（三首）

據《四庫全書》本《閬風集》卷一輯錄。

停雲詩並序

劉正仲和淵明停雲以睨予，此詩予疇昔嘗和之，以貽景韓泳道者也，二子不可復作矣。撫卷悵然，復和之以答正仲。四海衣冠，遭時艱虞。至於暴骨原草者，多矣。予與正仲，偷生岩谷，稍尋筆墨，倡酬以見志，斯又不幸之幸歟。

我懷同人，如嘆望雨。天地崩裂，干戈閒阻。陳編孤哦，槁梧自撫。思而不見，援桂延佇。千山月白，露氣濛濛。四顧懍慌，素靄成江。飛蘿掃屋，懸泉掛窗。之子不至，世孰吾從。小園宛宛，水木鮮榮。子念及此，我寧忘情。曩歲中都，我歸子征。以子出處，用觀我生。俯仰換世，昨夢蟻柯。故交零落，屈指無多。孔時尹任，夷清惠和。各言爾志，夫也如何。

子瞻在惠州以十月初吉作重九和淵明己酉九月九日韻余去年以此日奔避萬山今日則有閒矣有野人饋菊兩叢對之歎息因繼韻陶蘇之後

去年十月吉，四山戎馬交。攜家走萬壑，惟恐草莽彫。今日復此日，回睇龍舒高。青黃雜遠樹，丹碧曖微霄。黃華一斗酒，慰此兩足勞。

念茲一釜內，觸之成爛焦。我窮天所憐，杯水解鬱陶。冥心聽回斡，聊以永今朝。

丙子兵禍自有宇宙寧海所未見也予家二百指甑石將罄避地入剡貸粟而食解衣償之不敢以淵明之主人望於人也因讀淵明乞食詩和韻書懷呈達善亦見達善燒痕稿中有陶公乞食顏公乞米二帖跋尾也

淵明不可及，適意惟所之。無食不免乞，折腰乃竟辭。主人必義士，知心如子期。厚饋既賙急，復酌我以巵。談諧有真味，斯人定能詩。柳惠未失正，魯男豈可非。學陶何必乞，書此以自貽。

二、郝經（一百一十八首）

據明正德年間鄂州刊本《郝文忠公陵川文集》卷六、卷七輯錄。

卷六

和陶詩序

賡載以來，倡和尚矣。然而魏晉迄唐，和意而不和韻；自宋迄今，和韻而不和意。皆一時朋儔相與酬答，未有追和古人者也。獨東坡先生遷謫嶺海，盡和淵明詩，既和其意，復和其韻，追和之作自此始。余自庚申年使宋，館留儀真，至辛未，十二年矣，每讀陶詩以自釋。是歲，因復和之，得百餘首。三百篇之後，至漢蘇李，始為古詩。逮建安諸子，辭氣相高，潘陸顏謝，鼓吹格力，復加藻澤，而古意衰矣。陶淵明當晉宋革命之際，退歸田里，浮沉杯酒，而天資高邁，思致清逸，任真委命，與物無競。故其詩跌宕於性情之表，直與造物者遊，超然屬韻。《莊周》一篇，野而不俗，澹而不枯，華而不飾，放而不誕，優游而不迫切，委順而不怨懟，忠厚豈弟，直出屈宋之上。庶幾顏氏子之樂、曾點之適，無意於詩，而獨得古詩之正，而古今莫及也。顧予頑鈍鄙隘，躑躅世網，豈能追還高風，激揚清音，亦出於無聊而為之。去國幾年，見似之者而喜，況誦其詩，讀其書，寧無動於中乎？

前者唱喁而後者和訛，風非有異也，皆自然爾，又不知其孰倡孰和也。
屬和既畢，復書此於其端云。

停雲思歸也

停雲蔽日，翳翳弗雨。伊余懷傷，自詒伊阻。展轉拘幽，莫或念撫。
瞻望中原，徙倚凝佇。停雲悠悠，蒸氛濛濛。沖風入室，洶彼大江。
崩心震魄，慨歎北窗。孰因孰極，惟道是從。服仁佩義，完節為榮。
之死靡它，實余之情。寤歎弗寐，攬衣宵征。載思子卿，千載如生。
無媒取妻，匪斧伐柯。樂禍深仇，焉能為和。生民無辜，遘凶既多。
銷兵無期，將奈之何。

時運安命也

時運代遷，既夕復朝。我來幽都，尼於江郊。側佇風飆，載翔雲霄。
天澤弗流，原田槁苗。熱中熬熬，孰沃孰濯。密室陰陰，孰眷孰矚。
仰視俯察，無愧則足。知命何憂，事天乃樂。在昔過魯，風雩浴沂。
爰登岱宗，曠然忘歸。五夜觀日，神光發輝。乃今坐井，高蹤曷追。
太行之巔，先人舊廬。貞松鬱林，中堂歸如。安得燕喜，美酒滿壺。
否弗終傾，壞運屬予。

榮物觀物也

榮木青青，英華若茲。氣至而滋，人亦如之。變陽化陰，物各有時。
無莫無適，夫道一而。翳翳榮木，云云歸根。多華早落，幾何生存。
大冶通達，乾坤為門。深固有方，封植倍敦。升聚退散，載美載陋。
生基死涯，信新屈舊。大業弗藏，萬有自富。造物忘物，於焉有疚。
修身事天，莫敢失墜。造次九思，局脊三畏。學聖造聖，希驥則驥。
純誠粹精，遂入獨至。

贈長沙公族祖

述東軒老人也。經之六世祖受學於明道先生，至曾叔大父東軒老，道益
大，傳之先大父，思而有作。

世遠學傳，道親族疏。起宗大家，罔不在初。淵源益深，歲月聿徂。

慨我竈歎,載思躊躇。於昭東軒,棣華新堂。心授口說,繡弓白璋。
習習和風,冽冽清霜。吾道有宗,吾家有光。一世師儒,雲從志同。
洪河北南,太行西東。瀦為湖湘,流為淮江。六經百氏,包羅旁通。
邈予小子,亦聞格言。激揚餘波,瞻仰故山。宿草荒阡,抱書潸然。
惠我後世,伊余之先。

酬丁柴桑<small>自警也</small>

孰使而行,孰尼而止。排難兩朝,奔命千里。終豈能必,爰契厥始。
稽山濤江,覬為一遊。墮甑半途,十年隱憂。豈作咄咄,祗賦休休。
來之坎坎,天命悠悠。

答龐參軍

　　始,予年十六,讀書於保塞鐵佛寺南堂,不解衣帶,坐徹明者五年。感
而思之,為賦是詩也。

孤燈長明,終夜誦書。躋深凌高,中心自娛。載汲載薪,不遑寧居。
惟梗伊蓬,託處聚廬。以道為富,以德為珍。勤以修身,孝以事親。
師心造聖,不資於人。靜境神會,伊顏孔鄰。窮年揭揭,日夕孜孜。
力探自得,何樂如之。作為文章,暢為歌詩。聲滿天地,無為無思。
渾沌復鑿,太極再分。警覺不寐,怡然歡忻。軼起遠蹈,馭風騎雲。
萬動皆寂,博我以文。一席五載,默以道鳴。弓旌下招,遂成飄零。
遠奉信函,使於吳京。故業委地,朔南失寧。焰焰古佛,依依北風。
深窗短檠,時見夢中。孰令一人,乃異初終。祗緊其逢,載飭厥躬。

勸農

　　閔農也。兵亂以來,四民失業,農病為甚。因讀淵明勸農之作,感而賦
此。

植天務本,實惟農民。力田效勤,含淳守真。代食惟賢,勸恤相因。
秬秠之益,始活斯人。每每原田,奕奕黍稷。雨暘若時,具來播植。
惟是穮蓘,惟是稼穡。倉庾惟盈,斯人足食。爰自兵興,魚涸處陸。
污萊菑畬,澆散純穆。瀋肌刮骨,獥貐塵逐。婦役弗蠶,夫征弗宿。

苛政蝟起，紛更弗久。饑腸曷充，獨耕無耦。既空杼軸，孰事畎畝。
流亡異土，隕涕博手。食眾農寡，安得不匱。有年無種，豐獲安冀。
盜賊群起，餒死並至。曾是司牧，曾是無愧。井地荒空，眊俗頑鄙。
逐末逞偽，無復率履。農為匪民，犯繩越軌。本既凋傷，政何由美。

命子

感子也。餘生三十有五年，舉四子而三夭焉。季曰阿壽，生四年矣，而
余使宋，十二年弗克撫育。感而有作。

余家冀方，遺風帝唐。詩書是傳，奕葉有光。厥初受氏，爰自殷商。
由漢迄今，載債載昌。金源之亡，屯盈禍周。百口九族，竟不首丘。
父獨抱子，脫死橫流。敢望子孫，復始公侯。岳岳樹立，自別豬龍。
治經立學，生人之功。鬼抉神搜，天緘地封。坦坦正道，明明高蹤。
瀹苗起宗，暢根達柯。乃嗣乃續，庭充府羅。天不憖遺，未阜而窠。
宛宛三稚，遽委蟲沙。曷敢尤天，祇自咎德。阿壽始孩，弗子去國。
川途阻修，變故揆忒。教之誨之，於焉可得。不成乎終，何誕乎始。
徒耀松楸，漫驚閭里。有子無子，命數定止。未能無情，與物悲喜。
既已奪去，摻之弗及。亦既生存，寧必成立。不孝之罪，聖人所急。
大禹荒度，亦憫呱泣。物生不齊，亦各有時。天弗私爾，勿勞爾思。
魚腹子滿，孰繁若茲。蜾蠃類我，孰其使而。林回棄璧，屬夜求火。
不知其天，祇解私我。失惡乎否，得惡乎可。坼裂啄食，屬離是假。
孤館四鄰，擾擾嬰孩。一死一生，朝去暮來。胡肖不肖，胡才不才。
敬恭修身，曷云悲哉。

歸鳥寓感也

歸鳥翩翩，集於深林。飛雲遙遙，反彼高岑。瞻望弗及，實勞我心。
重門擊柝，閉於幽陰。歸鳥翩翩，深林於飛。飛雲遙遙，高岑是依。
嗟我征夫，曷云還歸。瞻彼北辰，翰音弗遺。翼翼歸鳥，翱翔徘徊。
曳曳飛雲，岩谷是棲。鼓瑟鼓琴，云胡不諧。孰為知音，伊余孔懷。
翼翼歸鳥，棲於故條。曳曳飛雲，郁其高標。伊余南征，輸平內交。
滔滔弗歸，故山夢勞。

形神影

形贈影

萬象生道區，受形各有時。運會迭往來，寢揚成壞之。妙合我初凝，
爾亦即在茲。隱見陰陽中，幻化無了期。寤寐一死生，寂然匪為思。
我勞為有此，爾苦勿涕泗。請看聲與響，相隨復何疑。大都本無有，
相贈徒費辭。

影答形

靜陰乃道影，範圍無巧拙。大車轉通逵，轍跡豈能絕。妍醜君固有，
隨君非慕悅。日月相代明，豈能與君別。思君不如我，君沒我不滅。
生死無加損，得失豈內熱。因物不遂物，原原靡衰竭。君終復隨我，
茲時見優劣。

神釋

出入生死間，妙物不自著。物物弗為物，超然變新故。二子一醯雞，
羊負相冐附。成壞不在已，安用相告語。元陽初化時，靜一是存處。
在在靡方所，悠悠無定住。陶老信達者，得失委命數。全神乃遺形，
種秫修釀具。一醉樂有餘，陶然忘毀譽。醉夢曾弗辨，町畦都削去。
既不將不迎，亦何憂何懼。能逃世上名，豈有身後慮。

九日閒居憶九日登隗臺

高秋登隗臺，悵然思樂生。君臣灑落契，千載稱榮名。西風菊花期，
日照黃金明。青山邈故國，白雁遺燕聲。佳時動幽懷，晏景催短齡。
浩歌正激烈，樽酒時自傾。故鼎反磨室，六雄競光榮。督亢一寒蕪，
酒醅重傷情。丈夫遇主知，唾手成功名。

歸園田居六首

憶登封盧溪幽居，唐盧鴻故居在焉。

童稚遊鹿豕，野逸便深山。幽居遠世塵，顯顯羲皇年。盧溪郁巖阿，
繚壁涵清淵。徵君始真隱，種玉開石田。幽人競卜鄰，聯落崎阻間。
竹木茅舍邊，桑麻橘籬前。三春牡丹雨，十月梅花煙。盧溪故居，有徵

君祠。祠前牡丹甚盛，昔坐竹木間，多古梅，故云。孤雲出遙岑，頹日下層巔。
性與萬化寂，身同天地閒。一從入羈鞿，趨蹶寧復然。

區中戰群倫，兩馬復掉靫。樂哉山中人，身世無妄想。避世如避仇，
納履遂長往。耕鉏足衣食，生聚羅稚長。含淳遂天真，體胖心亦廣。
底事綺里季，出山真鹵莽。

雨餘山色淨，霜降木葉稀。南澗拾梨栗，帶月吟風歸。青青路邊蘭，
細細侵裳衣。飯飽晦亦足，物我兩無違。

好山無俗人，林泉有真娛。種秫足自釀，高下開荒墟。清溪侵古屋，
況有高賢居。綠竹掃山色，奇木近千株。鄰舍幾父老，話言皆純如。
相見即痛飲，甕盎傾無餘。酒酣藉月臥，清興欲凌虛。云誰知此樂，
此樂世間無。

攜酒招野人，共飲清溪曲。蔬薇總狼藉，一醉萬事足。苔痕入窪樽，
林影上棋局。月出杯更深，不須更秉燭。歸去靜柴扉，酣臥日已旭。

中天太少室，青滿洛陽陌。三十六芙蓉，捨此將安適。嵐光上晨曦，
秀色宜日夕。攀躋景無窮，養生地有隙。不聞車馬喧，豈憚耕鋤役。
奔騰三十年，樂事都敗績。面目祇自憎，俗死竟何益。

問來使同前

朝拾澗底松，空翠冷潑目。暮歸東籬下，自種今秋菊。清泉洗碎月，
襟裾有清馥。高臥幽夢長，不覺黃粱熟。

遊斜川憶西郎

江壖坐白頭，自分如歸休。十年不出戶，夢憶西郎遊。看花當雷溪，
水合青山流。泓澄潭洞豁，容與浮輕鷗。回抱道明莊，魏道明也。玉翅
開林丘。西郎十二峰，如列鳥翅。見《水經》。依依避秦人，桃源闢田疇。遺
我山中酒，殷勤更獻酬。花飛好鳥歌，塵世有此不。醉踏石上水，灑
然濯百憂。何年結茅屋，歸去便可求。

示周掾祖謝同前。

勞生役世物，萬戚無一欣。且拂冠上塵，暫作山中人。尋春洞林深，
賞晤元有因。遠嶺絕水登，鳴泉隔花聞。幽趣方顧接，轉側志劬勤。
醉歸語山家，今年當卜鄰。便送買山錢，結茅東澗濱。

諸人共遊周家墓柏下

淵明柏下飲，相與樂吹彈。何異燔間乞，安足以為歡。總為付任適，
得酒即開顏。自同墓中人，未死心已殫。

怨詩楚調示龐主簿鄧治中

萬化一大路，去來皆茫然。孰能不由行，踵武億千年。委順出修阻，
煩憂尼崎偏。淵明苦避俗，中歲歸田園。門前柳生肘，更不入市廛。
自謂羲皇人，翛然北窗眠。日月自運會，寒暑從代遷。達道久已化，
宛在伯玉前。作詩本無怨，高興浮雲煙。樽酒且逍遙，銜杯稱世賢。

答龐參軍釋魏斌念母。

嗟嗟勿念思，諄諄聽吾言。孰不欲事親，燕安樂鄉園。王事有去留，
載讀陟岵篇。大孝五十慕，義止從古然。白地內罥攪，賦予有厄緣。
悠悠無了期，鬱鬱安得宣。精衛豈填海，愚叟難移山。天定自勝人，
還歸會有年。

五月五日作和戴主簿重午書懷，贈書狀官苟正甫。

壞運窘天步，行人當厄窮。兀坐數年華，大火復當中。盛陽正發育，
一氣方盈豐。草木各暢茂，郊園融凱風。我獨少生意，束臂待一終。
燒酥點昌菹，強飲心尤沖。江靜重門深，兵嚴四壁隆。何日河陽縣，
闊步登平嵩。正甫，孟州人。州治後有平嵩閣，余賜田亦在是，故云。

連雨獨飲新館久雨。

悠悠孰主張，尼此真偶然。早歲喜學道，自致雲霄間。意欲凌八表，
縹緲追飛仙。折翼墮江國，閉門悲漏天。宛在厄會中，不自我後先。
乾坤漬塗泥，沾濕何時還。異域歲月速，轉首十二年。形神與化馳，
欲辨復無言。

移居二首

吾道即吾廬，仁義是安宅。苟能庇風雨，便可度朝夕。雞川十一遷，歲有鮋缶役。傚屋復分庭，處處置床席。往年始定居，生聚絕勝昔。哭墓遽南來，昆親忽崩析。

城南初定遷，高架插書詩。基構計久常，中表塗墍之。幽窗置棐几，道妙儼若思。訪問復安身，作休日四時。束帛賁門闒，推挽忽在茲。進退已不詳，天命豈吾欺。

和劉柴桑釋宋琚念母。

肮髒宋仲儀，倚楹獨躊躇。念母望北雲，悵然憶家居。湯湯伊祁水，想見先人廬。為言我與子，南來墮幽墟。鄉園入渺茫，草木荒薈菶。母氏倚門望，無為執勤劬。生男不若女，有子還如無。王事靡私鹽，義別無親疏。岳岳守一節，乾乾斷百須。道在母即存，志當金石如。

酬劉柴桑

長風動江色，俛仰星一周。蕭然步空庭，葉落淒其秋。覆命不事操，燕山一田疇。我亦慕高節，終能同此不。憂心重鬱陶，安得駕言遊。

和郭主簿二首勉馬德璘孔進。

周公待昧旦，大禹惜寸陰。聖學如弗及，神道開靈襟。嗟爾氣質成，變化更張琴。力奪造化幾，炳烺異昔今。尊德始好問，卓出眾所欽。去就審且精，取予酌與斟。係風捕幽景，扣寂求至音。講習說麗澤，琢磨朋合簪。踐形當自得，好高勿臨深。

誠身乃事親，行義貴全節。清心不滯物，月江夜澄徹。味腴須嚌深，窮理必詣絕。天人一理貫，胸次總羅列。苟能一德全，即為萬世傑。二子久事餘，旦旦提耳訣。慎勿自棄捐，捨此無歲月。

於王撫軍坐送客秋夕遣懷。以下並同。

雁啼霜江清，人與卉木腓。舍館極羈留，感秋尤思歸。包胥客咸陽，孰為賦無衣。美人期好合，願言遂相違。宛轉萬民命，怳惕終夜悲。

坐起對孤影，斜月流寒暉。淒風合酸辛，悠然歎稽遲。天道本好生，
伊何獨予遺。

與殷晉安別

昔遊翰墨場，渴日誌尤勤。遠探羲農高，近詣周孔親。屬天耿長焰，
豈惟照四鄰。尸坐正冠裳，暮夜達旦晨。擬從太極初，再使乾坤分。
經世啟帝運，立德開王春。偶別燕山月，忽落吳江雲。悵然負初心，
計拙良有因。妄動希時榮，何如安賤貧。撫膺祇自責，安敢復尤人。

贈羊長史

寥廓安得翔，沮澤多羅罦。蛩吟苦關心，雁足無來書。憶昔少年場，
結佩遊通都。北嶺既再登，楚山亦常踰。樽酒生風雲，鞍馬走臺輿。
口轉復虎躍，一世英豪俱。投穿誰使然，奇蹤日跼蹐。戶外皆告絕，
跬步無所如。幽明澹窗星，夜氣深庭蕪。心折萬緒繁，遭閔思舊娛。
紙上認堯舜，自笑幾何疏。起來月中行，滯鬱方一舒。

歲暮和張常侍

渴中夜尤劇，扣關汲新泉。快飲沃肺肝，四顧無與言。白髮照寒月，
素影亦何繁。幽窗挽衣坐，反責思尤愆。胡不蹈東海，胡不餓西山。
覥然食不義，忍辱待生還。露氣淒且清，別恨相縈纏。殷憂有時窮，
今夕是何年。歲月肯我與，精魄隨化遷。嗟哉胡不晨，天乎其偶然。

和胡西曹示顧賊曹

月出蔓草寒，江聲動清颸。窗戶漸槭槭，淒其飄我衣。孤鴻悲遙天，
寥落片影微。蟋蟀不在堂，苦傍傷根葵。運數方厄窮，氣序亦頹衰。
羈懷感尤深，中宵涕重揮。黃虞不可攀，周道何委遲。嘯歌和淵明，
慨歎有餘悲。

悲從弟仲德

銀沙滿玉河，界天清露零。孤心正耿耿，秋夜何冥冥。念我當屯凶，
不如初無生。乃同不周折，遽向東南傾。獝毒方弄兵，好會其能成。
蕭蕭變齒髮，冉冉頹年齡。潮生夜江高，簷間動松聲。心魄忽蕩搖，

攬衣步中庭。幽蹤獨往來，慘淡關山情。未信天為人，更著影問形。
我本不欺人，萬折氣益盈。

始作鎮軍參軍經曲阿

青苔入室深，蝸涎縈素書。坐席凝陰塵，形骸久塊如。臀困礐株木，
冥升躋天衢。投膠止河濁，自笑真迂疏。羈魂重凌兢，枯腸漫縈紆。
一榻不復移，轉首十年餘。空期汗漫遊，慨想山澤居。兀兀几上肉，
喁喁釜中魚。有物皆恣睢，而我獨囚拘。安得天池風，吹上太行廬。

庚子歲五月中從都還阻風於規林二首

逼窄片天月，照我江濱居。暗然六用絕，孤影獨於於。屋漏重反觀，
面壁復向隅。幽明無二道，得喪歸一塗。康莊馭軒車，豈能適江湖。
挾山以超海，過計元自疏。憂違付順適，樂地盡有餘。天運誰能逃，
忿懥將何如。

南北信命絕，欲行將安之。家人歌扊扅，遊子無還期。門前大江橫，
潮來不違時。日月相代遷，我獨何在茲。細和淵明詩，載歌歸來辭。
知命不必憂，樂天復何疑。

辛丑歲七月赴假還江陵夜行途中

茲心乃活物，探頤還搜冥。遂知天地幾，洞見古今情。樂禍多下石，
復故誰班荊。嗟嗟何不辰，曾暗誤此生。老樹棲驚烏，江靜秋月明。
顧影無匹儔，徒倚恨不平。空庭步數周，蕭蕭成宵征。河陽有賜田，
何日得歸耕。自顧瀟落姿，而乃重纏縈。當處不可出，誤我祗世名。

癸卯歲始春懷古田舍二首

禍隆殺戮運，民命殘踐踐。赤手與天爭，跋疐其能免。更深不成眠，
反側懷念緬。世路劇翻倒，喜惡還病善。擾擾人為多，邈邈天道遠。
寒暑迭代遷，潰亂胡不返。自與鄉鄰鬥，嗟我識慮淺。

先君貽詩書，繕性安賤貧。每戒躁與速，重剔敬以勤。尤惡名太早，
不許交時人。守道業惟舊，充誠德自新。粟盡義不渝，闔門亦歡欣。

伊顏遽學步，鄒魯頻問津。友愛撫弟昆，仁賢是親鄰。宛若故山家，陶唐有遺民。

乙巳歲三月為建威參軍使都經錢溪至日雪。

夜窗密有聲，庭阿遽深積。誰知大江頭，卻似窮海昔。鷗鳥喑不鳴，羈鴻斂雲翮。乾坤一模糊，玉氣皓無隔。嗟餘雪國來，十年一行役。體髮久已變，茲心獨難易。真宰豈仇予，運數會崩折。途窮歲亦窮，真標見松柏。

還舊居庭草。

客居久為家，十載猶未歸。蔓草上階除，委碧生恨悲。相看辨時節，夢寐荒是非。昔時車馬多，薙去一無遺。今來斷行跡，愛玩常相依。榮瘁雨暘中，凋腐寒暑推。露綠感春芳，霜黃怨秋衰。藉步柔且佳，關心涕長揮。

戊申歲六月中遇火萱。

南風青鳳尾，擁翳當庭軒。金觜碧玉莛，呀折如焚燔。深叢駐長夏，次第開後前。北堂昔養母，家人欣聚圓。對花舞斑衣，暫出輒遽還。歡顏每為開，太和回一天。一從哭墓後，去國十二年。年年見新花，永日相對閒。忘憂卻生憂，所賴志義堅。夕步拾落英，丹蘤滿芳田。感創復臥思，蒼茫不成眠。故叢誰翦移，祇應滿西園。

己酉歲九月九日黃葵。

清標倚西風，零亂七月交。天宇始霽肅，卉木方瘁凋。停停展嬌黃，獨爾風度高。金盌困側露，綠莛嫩干霄。翛然對仙花，頓覺忘憂勞。開樽坐疏影，渴飲劇沃焦。折來插愁鬢，兀醉從陶陶。日上復盛開，更須醉明朝。

庚戌歲九月中於西田獲早稻芙蓉。

久客未還反，殷憂徒多端。對花復舉杯，暫得心田安。芙蓉如美人，盛容耐窺觀。愁紅漬粉深，醉臉傷春還。上日嬌暈滋，依風翠綃寒。

含涕有深思，欲言還羞難。露重膏沐新，低重淚闌干。無情似傷情，
使我凋朱顏。載歌更獻酬，物我何相關。起來拂花舞，不復為嗟歎。

丙辰歲八月中於下潠田舍獲菊。

霜菊有正色，堆積深庭隈。綠蕊粲金屑，清香動幽懷。願言窮節士，
氣韻相與諧。亦有玉華鳳，豈無紫冠雞。俗死委蔓草，繞叢日百回。
屈子餐落英，至今辭賦哀。淵明折滿把，嘯傲東籬開。余今手自種，
坐俟星火頹。依風日吟哦，天道孰違乖。最憐抱露蛩，寒夜同幽棲。

卷七

飲酒

順適皆坦途，忘幾信所之。天地與化遷，焉能獨違時。酒中有深趣，
真樂良在茲。痛飲忘形骸，物我兩不疑。每笑蘇學士，漫把空杯持。

謝安曠達士，攜妓遊東山。蒼生如我何，勸我真狂言。樽中酒常有，
縱飲當窮年。此樂醉者知，難為醒者傳。

道在杯杓中，有物都無情。一醉還天藏，豈將飲為名。嗟嗟罤羈人，
勞勞失此生。自著徽墨纏，仍因寵辱驚。枯腸歸高岡，渴死竟何成。

武帝燒黃金，玉殿紫煙飛。終下輪臺詔，愴然徒傷悲。侈心與物競，
諂絕無所依。血氣有壯瘁，困憊終還歸。醉鄉萬事和，悠悠無盛衰。
有酒當共飲，獻酬莫相違。

好酒無惡客，合席語喧喧。銜杯相爾汝，共醵何黨偏。秋月流金樽，
春風頹玉山。便作無懷民，坐使唐虞還。酒盡任去留，醉眠都無言。

詩因酒更多，真境發精英。爛漫醉後言，舉是醒時情。百川飲長鯨，
千觚都一傾。我亦如劉伶，終當以酒鳴。百年都幾何，不飲安用生。

上春東風和，百卉呈媚姿。家家社甕熟，相喚插花枝。此時酒無算，
盡發胸中奇。醉人臥花間，陶然亡云為。不飲彼何得，祇自強拘羈。

西風黃葉落，處處菊花開。霜螯味滿殼，持杯亦開懷。正當劇飲時，
惟恐與時乖。快意傾灩灩，無復念棲棲。金英既狼籍，人亦醉如泥。

我順物安忤，兀兀靡不諧。悠悠反化初，世路都沉迷。駕言入醉鄉，曲車不可回。

夜醉曉來醒，日出東南隅。嗟嗟早行人，百里已半途。我柢孰為容，彼亦孰為驅。飲酒有運數，生平酒常余。賜田總種秫，終傍淵明居。

屈子重違天，陶公乃達道。遙遙際中駒，放杯身已老。欺為畫餅欺，遂使腸枯槁。君看桃花顏，得酒色更好。榮名身後事，美酒樽中寶。一飲便成仙，御風凌八表。

我愛李太白，醉眼高一時。把杯問明月，揮灑多文辭。吾生嗜杯酒，感寓實在茲。常向醉中醒，更飲不復疑。載讀止酒詩，陶公亦吾欺。安得泛酒海，弄月恣所之。

壺中別一天，飲之造真境。有夢渾未覺，獨醉勝獨醒。忘物神乃會，放懷道即領。巨壑當藏舟，括囊勿脫穎。為告不飲人，此理天日炳。

好事邀我飲，布席我已至。散談坐生風，引滿即徑醉。快意無町畦，縱橫不比次。忘情釋重負，適己乃為貴。世上多虛名，樽中有真味。

種柳復藝菊，即是陶潛宅。眼中總杯杓，門外無轍跡。朝飲仲尼千，夕醉季路百。不用五斗解，豈計東方白。熙然識此生，獨醒真可惜。

五年一龕燈，面壁初治經。仇酒恐廢學，中歲卒無成。晚悟杯酒樂，苦節因自更。軍府酒若海，浩蕩波門庭。十年醉如醒，遂以善飲鳴。陶然合天和，萬古達者情。

繫舟范丹墓，黃流駕長風。玉川與金波，宜城二酒館名。萬甕傾月中。鯤□亦沾醉，與與江河通。醉鄉總直道，世路曲如弓。

遍飲天下酒，風味我自得。南江與北嶺，淄澠不能惑。兩海納一樽，巨量吞四塞。胸次含春元，澒洞和萬國。熟醉即無言，百世歸一默。

我本醉鄉人，弓旌招我仕。自此樽俎疏，漠然忽喪己。醒治誇了了，枯槁成內恥。況復拘厄途，不得歸田里。十年猶不字，駸駸踰一紀。日事雖有酒，多病輒自止。強飲終無歡，忘力徒自恃。

醒眼舉作偽，醉時見天真。模糊渾沌初，大樸還其淳。山中酒初熟，
烈烈風味新。一飲平天淵，再飲一齊秦。人物在眉睫，慘淡飛埃塵。
矻矻含瓦石，哀哉為誰勤。邃古有達者，秖與杯酒親。陶潛豈乞食，
有酒即問津。門首佳客至，快漉頭上巾。君看飲酒詩，始知真醉人。

止酒

物各有所止，惟止止眾止。所嗜止杯酒，跌宕乾坤裏。好飲即為徒，
更不顧妻子。無酒則酖我，得酒即欣喜。日在醉即眠，日出醉未起。
沉酣三十年，落魄誤生理。赴詔方始醒，曠然便失已。南來增殷憂，
從此酒止矣。愁濃亦如酒，苦海浩無涘。何當大刀頭，一飲醉千祀。

蠟日自釋。

氣數方構凶，我獨其能和。幸有樽中酒，自種庭前藬。自詠還自酌，
酬適興亦多。且笑勿裂眥，深衷寄長歌。

四時記夢。

夢中見西郎，綠玉十二峰。忽到太行顛，故山深長松。

擬古九首

陶潛避世士，手種門前柳。作傳復自序，實錄傳永久。高風激余中，
論世期尚友。何當菊花秋，共漉山中酒。嗟嗟墮世網，願言久已負。
枯腸充殷憂，覽鏡顏益厚。會有還歸日，再覓無何有。

天地相依附，吾道同始終。經世維皇綱，一王辨華戎。聖人鍾神靈，
樹立何豪雄。六經通四時，顯顯弘宗風。王法奠有生，大統垂無窮。
本原豈多言，萬理祇一中。

屋漏窺天人，炳烺茲一隅。掌中握靈幾，宇宙從卷舒。日月驅吾輿，
乾坤廓吾廬。有萬叢吾身，通途安廣居。私智生町畦，坦夷深榛蕪。
擾擾趨蹶中，跬步無所如。

十年不歸山，衡麓皆榛荒。風雨秋草深，蕪沒讀書堂。鳥道常矯首，
天宇青茫茫。賜田在河陽，經始築圃場。黃流經中天，太行面北邙。

痛飲登平嵩，醉眼高昂昂。厄風墮江濱，欲去還無方。辱井俗死人，
顧影徒自傷。

和龍蟣虱流，瘡膚不復完。節斾久零落，破碎十年冠。片天亦愧仰，
計拙祇厚顏。音塵兩國絕，江深掩重關。幽思搖風旃，百感來無端。
亦有絕弦琴，掛壁不復彈。忍聞雲間雁，祇恨鏡中鸞。搥坐惜日月，
心死骨重寒。

鬼神居無鄉，一念即在茲。欲知得失初，當謹未思時。靜敬守關鑰，
精一辨澠淄。理窮性乃盡，天命不復疑。君看語孟書，皆是直指辭。
皇皇三百篇，舉要無邪思。奈何季末人，忘慮先自欺。戴盆還揠苗，
冥行恣所之。楚虔方詬天，豈悟祈招詩。

憶昔山中春，谷風扇微和。幽人坐孤石，好鳥相和歌。冷泉有清音，
音響一何多。回復步澗芳，有時墮林花。田家攜酒來，奈此高興何。

幽庭抱枯株，感慨憶壯遊。結交燕趙豪，經欲窮九州。岱崇登日觀，
赤壁弄江流。醉走天山馬，叢臺問沙丘。中途軔吾車，歷覽猶未周。
行止不在吾，順適安敢求。

蓬瀛有奇藥，馭風欲載採。驚濤忽翻山，對面桑田改。鯤化鵬遽起，
鱗鬣乾半海。天池無培風，九萬亦有待。且搭垂雲翼，運數安得悔。

雜詩十二首

縱衡十萬里，悠悠總世塵。勞生為物役，往往失此身。對面皆九疑，
惟有酒相親。花開社甕熟，春風滿比鄰。痛飲有高矚，暮夜達旦晨。
君看雞窠中，豈有百年人。

種豆南山歸，放目陟高嶺。雜田似蔬畦，繡錯成野景。日夕臥柴荊，
破屋風露冷。床頭有餘醱，渴飲興味永。月出流清輝，起舞動孤影。
呼兒讀離騷，載酌幽懷騁。醉眠踏曉日，獨樂靜中靜。

天命端可樂，物情孰能量。開軒受西風，明月照我房。悠然中聖人，
載酌夜未央。哀鴻忽遺音，底事昔隨陽。遂令不飲人，反側斷中腸。

三代秪周孔，漢末有佛老。汩真復翔偽，彝性遂不保。涇渭混濁清，
原隰易濕燥。世多喪心人，死病不辨早。涓滴成江河，豪末遽合抱。
六合一榛荒，浪走無正道。

丹山九彩鳳，有道即遊豫。阿閣與岐山，和鳴復高矯。一從休聽衰，
轉翮遽揚去。高賢亦違亂，好遯有深慮。冒出犯難行，宵人肯爾恕。
幼安遼海居，龐公鹿門住。翛然遠世塵，豈復有憂懼。

展禽黜不去，子文無慍喜。爭如臥雲窗，遠棄人間事。淵明偶束帶，
初無仕宦意。酒熟遽告歸，佳期恐難值。散髮山月清，濯足溪流駛。
把菊見南山，物我有廢置。

大道初坦平，奈此世路迫。劫灰到重泉，兵塵滿阡陌。乾坤一戰場，
血盡骨更白。何處著此身，重覺天宇窄。獨立萬物表，秪有雲門客。
弋人忘冥鴻，此中是安宅。

道人守化根，靜境深苞桑。單衣不掩骭，一食恒糟糠。何心到文繡，
更不願膏粱。真風出樊籠，太和蘊元陽。中襟既忘幾，外物奚能傷。
矯矯離群倫，宛在天一方。尊中有奇樂，一詠復一觴。

西北有佳人，飄飄碧雲端。悠悠與神俱，冉冉從化遷。偶來住人境，
結廬青山巔。更不煙火食，秪把晨露餐。我欲從之遊，路遠縈塵緣。
悠然歌紫芝，重寄歸來篇。

聖作尚簡易，古道皆若稽。叔季私煩苛，平地生岩崖。生民入罟擭，
慘慘傷予懷。孰能與蠲除，變亂益盈彌。神農設教益，庖犧初取離。
靡不漏吞舟，豈能強骨羈。謀利困管商，遂使大質虧。

夷則弛炎律，廓廓高天涼。我作清夜遊，步月上河梁。蚑吟煙露根，
雁翔風水鄉。商聲激孤衷，銀漢零飛霜。向不酌酒樽，奈此秋興長。

溪風吹竹花，石壁墮松子。山氣清入骨，雲嶠時猶倚。變變靜中趣，
超超物外理。

詠貧士七首

簞瓢豈顏樂，大聖德歸依。曠寂無過地，高朗有清暉。誇毗紆金朱，
志意欲奮飛。微幸行險途，跋疐終安歸。道義我素飽，勢利爾恒饑。
鉼空豈足恥，心死良可悲。

虛室白無塵，澹然造羲軒。藜糗一鼓腹，春風滿丘園。久雨釜生魚，
上日廚無煙。琅然金石聲，密密道味研。七日無是餕，方聞固窮言。
貧乃士之常，安貧乃為賢。

家無儋石儲，漫撫無弦琴。淵明果達道，逃世求希音。擾擾劉寄奴，
戈矛日相尋。豈若一樽酒，對菊時自斟。饑來偶乞食，當時孰汝欽。
獨有桃源人，乃見高世心。

貧賤人所惡，眷眷思黔婁。富貴不可居，歸來願言酬。籃輿向田園，
嘯歌行道周。俯仰澹無營，事事即無憂。農人與野叟，欣然作朋儔。
有子復有酒，生平復何求。

有名不可求，有祿不可幹。干祿當事人，此身即屬官。豈辱八尺軀，
區區為一餐。道義等芻豢，足饜無飢寒。冠蓋不與賜，屢空獨稱顏。
憂道不憂貧，高賢多閉關。

不食如繫匏，無家劇轉蓬。尼父道彌高，少陵詩益工。閉門張仲蔚，
知者獨劉龔。求志終隱居，龐公竟誰同。但有樽中酒，何必慮窮通。
田父邀我飲，步月欣相從。

落落田子春，不負劉幽州。竟辭萬戶侯，魯連真其儔。昔年過燕山，
飲馬易水流。斯人不復見，悵望生隱憂。日暮一樽酒，碧云誰與酬。
西風薊丘前，雁叫疏竹修。

詠二疏

趙蓋楊韓誅，見幾當遽去。宣帝亦寡恩，二疏知所趣。眷禮方未衰，
解載即高舉。未幾太子立，果然殺蕭傅。嗟嗟二大夫，灼見夷險路。
鈇鉞已在頸，富貴其可顧。誠者健其決，豈惟常人譽。歸來事樽俎，

鄉社屏世務。父子歡有餘,忘懷還澹素。韋匡多諫章,擾擾渾未悟。
光禹貪身榮,寧為漢室慮。高風獨東海,千載道益著。

詠荊軻

燕國八百里,最為遠秦嬴。可作殷周基,何乃事荊卿。癡兒強復儺,
匕首揕咸京。徑剚於期首,更圖督亢行。倉皇事不就,狼籍斷冠纓。
寒風死別歌,睥睨一世英。不若鱄設諸,飲恨復吞聲。縱使殺一秦,
寧無一秦生。呂政方忘燕,忽作繞柱驚。併吞勢不已,舉兵復有名。
掃平黃金臺,故鼎入秦庭。昔我渡易水,晚登燕子城。投文弔田疇,
思賢重屏營。舉事本道義,不繫敗與成。為國恃刺客,夫豈英豪情。

讀山海經十三首_{寓興。}

江風送夕涼,蕭蕭齒髮疏。種菊滿秋庭,偶似淵明廬。澹然絕慮營,
靜讀窗前書。坐馳造聖域,氣馬尻為車。自得每厭余,無地容蔡蔬。
重覺洙泗親,似與羲皇俱。造起幾天地,周身一河圖。但恐丁壞運,
閉物將無如。

清泉沃醉面,復見桃花顏。運甓置齋外,尚擬康強年。睡熟如在家,
詩凡憶歸山。偶聞江上鐘,忽憶夢中言。

伊昔住山時,高興薄林丘。自許作真逸,永結煙霞儔。竹間掛岩月,
石上鳴溪流。不逢塵俗人,甘與鹿豕遊。

筹心到密地,難藏神與陽。付我祇一仁,藹藹生意長。潛地復經天,
炳烺生道光。群龍勿使戰,每戰雜玄黃。

道寶人共傳,自棄真可憐。片言未能充,積惡如丘山。一貫有妙理,
六經皆天言。弗知還弗行,人生幾何年。

天開萬象春,生意滿草木。好鳥相和鳴,嚶嚶出幽谷。旭日露華滋,
天地一膏沐。人心暢達時,此理宜自燭。

當春對花飲,酒面浮花陰。藉草幽潤邊,野色風滿林。三月鶯亂飛,
睍睆弄好音。一醉臥郊原,萬事不到心。

世無不藥死，得已即命長。君看行尸人，舉步皆失常。狂生莫揠苗，癡叟無休糧。節食謹作為，壽樂元無央。

瑣瑣蒙利徒，揭揭事奔走。自得乃自失，甚勝即甚負。身外皆屬人，區中竟誰有。配極惟大業，方保萬世後。

淵明忘世士，何必讀山海。神仙荒有無，怪誕豈真在。若有西王母，武皇不終悔。歸來當痛飲，白衣久已待。

怪力與亂神，不語有深旨。茲生理未窮，何暇遠征死。不須妄云為，祇在實踐履。過高皆異端，中誠足深恃。

道衰多散人，體亡有放士。受命備萬物，稟彝各有止。方士欺凡庸，異書寧有爾。子瞻號通儒，亦重抱朴子。

嗟嗟蠹書蟲，本無經世才。鹵莽欲援時，迢走遽南來。明月果暗投，按劍還驚猜。掇患既違時，委順庶優哉。

聯句漫興。

觀星見天體，北辰直南極。鵬圖亦有待，必以六月息。九萬搏扶搖，翱翔豈人力。君子有天運，俟命祇自飭。焉用熬中腸，鰥目重反側。時來沛然起，會矯垂天翼。雲達無阻修，河山改顏色。行止各有時，作詩為袪惑。

桃花源詩

桃花荒有無，誰云隔塵世。秦人既能往，我亦從此逝。歸舟忘津途，頹運急興廢。緬懷別一天，花陰好休憩。淳風無澆誕，道種可樹藝。凡夫安得到，俗駕豈容稅。君看閶闔下，呫呫形聲吠。苛法如牛毛，浮偽競新制。高人肯著足，有山皆可詣。隱見須適時，淺揭深則厲。淵明資好遯，棄官在中歲。處身向田野，曠遠黜智慧。把菊祇見山，種秫自為界。杯酒與浮沉，林樾重蒙蔽。到處桃花源，真境不在外。當時避秦人，未必識妙契。

三、方回（二十三首）

據《四庫全書》本《桐江續集》卷五、卷九、卷十五輯錄。

卷五

和陶淵明飲酒二十首並序

和陶，自蘇長公始。在揚州和《飲酒》二十詩，又為和陶之始。是二十詩者，蘇子由、晁無咎、張文潛相繼有和。然長公典大藩，子由居政府，無咎時通判揚州，皆非貧閒之言。惟文潛所和，乃在紹聖丙子罷郡宣城、奉祠明道、閒居宛丘之時。近世，嚴陵滕元秀家貧嗜酒，亦嘗和焉。予以嚴陵舊守，復至秀山，甲申九月九日屢飲之後，因亦用韻賦此，有文潛之閒而又有元秀之貧，感興言志宜也，庶幾好事者鑒之。

生死乃常理，興亡殊似之。火烏化王屋，鼎遷亦有時。驪山發金雁，漢陵復如茲。丹成雲得仙，虛冢令人疑。杯酒幸到手，無螯亦當持。

康廬插南斗，其西柴桑山。我往挹風竹，如聽淵明言。作歌以自挽，於今垂千年。有口可與飲，公心誰其傳。宋元嘉四年丁卯九月，淵明卒。其生晉興寧三年乙丑，至今甲申九百四十年。

立功亦云可，於世能無情。屈體喪厥節，寧若埋我名。極不過餒死，餒死勝飽生。是翁醉中語，細味足歡驚。寄奴復典午，吾其無目成。

黃雀啐野田，見人輒驚飛。飛飛一不早，恐有虞羅悲。睊目饕餮子，繆謂得所依。豈不知必爾，甘往終無歸。志士餒欲死，未覺勁氣衰。手口自斟酌，勿令心事違。

羊車一失馭，天地兵甲喧。中國不自正，王業東南偏。運曆有貽厥，臥龍康廬山。使處王謝位，大物豈不還。千載飲酒詩，醉吻謠醒言。

子雲草太玄，萬言無一是。唯有鴟夷篇，千古不可毀。太上立酒德，余事徒為爾。酤盡捐我衣，襤縷勝繒綺。

九日戲馬臺，二謝詞翰英。良辰各有句，得無差過情。元嘉事其子，不救巢卵傾。淵明東籬下，焉識箝鼓鳴。兀坐把寒菊，竟亦了一生。

義熙十四年九月九日，宋公裕於戲馬臺置酒送尚書令孔靖休官南歸。謝宣遠詩曰「聖心眷良辰」，謝靈運詩曰「良辰感聖心」，裕果可以「聖」稱之乎？宣遠後雖避弟晦權勢，為豫章太守，卒。元嘉三年，文帝誅晦，兄弟子姪俱不免。元嘉十年，靈運亦坐誅。淵明乃至閒居，九日無酒也。

華鬢極老態，醜面乏妍姿。插花已不可，可插唯菊枝。□□偶有酒，此事竟大奇。連作數日飲，詩亦未暇為。忽思往日過，何事馬受羈。

高臺翳榛棘，荷鍤岡路開。振衣陟雲端，朗然豁秋懷。言念半死樹，類我晚節乖。風雷劈半腹，葉落禽不棲。幸不為薪樗，燒之化塵泥。謂可材為琴，於調恐不諧。醉抱作此感，暝色南北迷。下山不可急，小僮扶我回。

此邦最佳處，乃在城北隅。野田蕎麥傍，松下復問塗。酷愛古石崎，故緩羸驂驅。一生能幾許，於茲十載餘。夜榻醉臥穩，何殊故園居。

明年五十九，早歲已聞道。憶昔初遠遊，豈信今遽老。暇日一醉娛，往事萬念槁。懸知身死後，豈無數詩好。心欲刊晉史，罪匪一靈寶。陶翁焉得作，細與問江表。

行樂忽有感，當此窮秋時。吾生會亦爾，落葉與樹辭。田父屋頗寬，生理僅存茲。積逋既已迫，悉售不復疑。寧免世人笑，且復相輕欺。兒輩勿戚戚，酒至姑飲之。

士本不畏貧，所畏迫老境。百憂無一樂，可醉不可醒。寒風頗欲霜，縫補闕袍領。酒膽一何大，和陶效坡潁。詩成間亦佳，未忍一炬炳。

重五去未遠，重九倏已至。不論家與客，遇節必爛醉。前日朝未興，有謁入客次。病酒不遑肅，匪敢挾長貴。知我□□我，草木故有味。

秋風吹古城，亂山遶荒宅。樹影日以疏，沼落見萍跡。客來觴我菊，獻酬殆至百。斜照未雲夕，草端露已白。遷化每如此，不飲真可惜。

早省宦徑惡，荷鋤寧帶經。豈不嘗守郡，生涯百無成。一夕偶不飲，

鰥枕聽遙更。殘燈暗虛牖，落葉鏘空庭。鼠齧叱不止，呼奴效貓鳴。孰與醉臥熟，萬事忘吾情。

一日不舉酒，即患偏頭風。明日忽不患，乃在酒一中。人言飲致疾，此理恐未通。杯我自酌我，壁間幸無弓。

三戒二已亡，所戒惟在得。大道闢我前，幸無兩岐惑。誰歌返招隱，口待穢襪塞。身為葛天民，宅在建德國。努力築糟丘，萬感付一默。

氣豪心未平，三已復三仕。毫髮志不伸，所至但屈己。屢觸灸眉怒，詎啻折腰恥。七年困江國，脫身走故里。欲著藏山書，實錄立傳紀。往事邈難問，毫簡遽云止。不如一杯酒，此亦焉足恃。

天命孰為之，萬有凝精真。變氣間龐雜，未嘗泯其淳。風雨驟冥晦，暘烏出還新。聖孔昔云沒，楊墨仍儀秦。復生一辯孟，掃之如遊塵。諸老自有宗，鑽研患不勤。彼以頓自詫，所見特未親。月晦有死魄，潦涸無迷津。天定盍少俟，履□□於巾。不飲但多憂，無乃真癡人。

卷九

九日用淵明韻二首

窮山豈有節，疲氓不聊生。比戶迫凍餒，九日存空名。旦視觜參中，斗極南北明。知我乏機杼，促織亦銷聲。昔健酒易得，痛飲倚妙齡。焉知齒髮暮，壺盡無可傾。寒英粲荒圃，槁葉鏗前榮。堅忍驗學力，乖離悵時情。死也諒不磨，可惜百無成。

淵明謝督郵，猶有金石交。故人篤古誼，未隨霜葉彫。把菊東籬下，氣與南山高。顏生忽至止，雙鳳鳴青霄。我誓死岩穴，甕灌詎云勞。奈何今年秋，一旱川原焦。酒錢蔑由致，擬坡聊和陶。索寞世所賤，由來非一朝。

卷十五

和陶詠二疏為郝夢卿畫圖盧處道題跋作

彭澤五斗米，竟為督郵去。動干寄奴誅，孰識日涉趣。漢元潛震宮，

廣受忽高舉。心已料恭顯，定至殺蕭傅。事君義當死，肯復問生路。
威福弗惟闢，明哲有回顧。淵明詠二疏，寄意匪自譽。喪元辱先體，
貪位綜世務。未若見幾微，政爾養高素。展畫讀瑰染，公等各超悟。
風霜斂勁氣，泉石入幽慮。足可休餘年，何用篏朝著。

四、牟巘（九首）

據《四庫全書》本《陵陽集》卷一、卷二輯錄。

卷一

東坡九日尊姐蕭然有懷宜興高安諸子姪和淵明貧士七首余今歲重九
有酒無肴而長兒在宜興諸兒在蘇杭溧陽因輒繼和

吾翁始落南，土思尚依依。築堂扁岷峨，目斷落日暉。憶昔丙申歲，
錦里煙塵飛。甲子已一周，而我猶未歸。孤蓬失本叢，旅雁抱長饑。
百年直寄爾，曠然勿徒悲。

驚飆舉落葉，意氣何軒軒。秋高百卉盡，寂寞但空園。何異富與貴，
變滅隨雲煙。緬懷陶彭澤，平生極幾研。朗詠貧士詩，相對如晤言。
今人之所恥，古人以為賢。

我殆勝彭澤，無酒亦無琴。湖外來遠餉，屋角囀好音。吹帽節已迫，
醉鄉路可尋。勿違故人意，洗盞起自斟。甜酒乏風骨，谷永與杜欽。
而此清且勁，良足慰我心。

人生徒自苦，與世為卷婁。何如有美酒，自獻還自酬。貧雖不若富，
用寡庶易周。婚嫁願已畢，此外復何憂。況無下濕田，得與彭澤儔。
年豐米長賤，一飽或可求。

翁媼老白髮，蕭然老江干。大兒荊溪遊，折腰豈為官。諸兒走異縣，
亦各營一餐。別多會面少，端復坐飢寒。諸幼且眼前，笑語開我顏。
勿問賢與愚，懷抱俱相關。

好惡豈不察，鑿垣植蒿蓬。而此庭前菊，鋤灌少人工。此物抱至潔，

有似楚兩龔。留香待嚴凜，意與烈士同。糞土笑伯始，金錢鄙鄧通。
千載一元亮，捨此將安從。

兩山南北峙，四水貫此州。登臨豈不嘉，出門自寡儔。客鄉幾重九，
歲月如奔流。蕭然具果飲，聊以散百憂。平生和陶集，韻高乃敢酬。
乃復詠歌之，歲晚葆姱修。

卷二

侍輅院叔過山廬意行甚適夜過半乃知醉臥山中而親友或去或留因借淵明時運暮春篇一笑

宿戒親友，蓐食詰朝。攜幼偕往，歷覽江郊。鳴吭在谷，時雲在霄。
灼灼桃華，青青麥苗。且行且扶，且憩且濯。橋有危蹋，湖有遐矚。
古人惜春，常若不足。又一月多，何如其樂。狷者隱淪，狂者詠沂。
千載彭澤，異致同歸。匪怨匪荒，天趣發揮。大阮靜淵，心慕以追。
暑嬉我林，夕偃我廬。或醉或逃，聽客所如。林墮片月，室耿殘壺。
一笑成詩，良非起予。

再和

摩肩趨利，市門之朝。夷然抱關，市也亦郊。一念靜躁，懸隔壤霄。
旱火禾焚，實燄我苗。飲冰內熱，其何能濯。大播昧昧，近或弗矚。
我有至境，反觀內足。寂寞寬閒，自得其樂。茫茫禹跡，海岱淮沂。
遊子倦矣，故鄉如歸。牛羊在野，舉肱一揮。既入其苙，夫又何追。
八荒我闥，天地我廬。六鑿何有，一席晏如。西風籬落，剝棗斷壺。
靜以觀復，閉戶者予。

五、王惲（三首）

據《四庫全書》本《秋澗集》卷二、卷五輯錄。

卷二

九日和淵明詩韻

九日天氣好，淡遊無友生。懷哉曠達士，愛此佳節名。野迥秋山高，

遠目增雙明。手把霜菊枝，吟泛風葉聲。人生天地間，強矯無百齡。
歲月不我與，大川日東傾。且酌一尊酒，遺彼五鼎榮。滿挹風露香，
陶我醉後情。遇坎且復止，吾器期晚成。

今歲節序晚，天氣秋夏交。衰草伴佳菊，藉暖亦後凋。居閒愛節物，
不辭遠升高。川澄涵雁影，空曠曖微霄。舉觴酹時人，塵坌乃爾勞。
中間百憂集，龜卜將日焦。何如遺世士，空杯樂亦陶。得酒且歡喜，
誰能保來朝。

卷五

和淵明歸田園

　　庚寅冬，余自閩中北歸，年六十有五。老病相仍，百念灰冷，退閒靜處，
乃分之宜。辛卯三月十七日，風物閑暇，偶遊溪曲，眷彼林丘，釋然有倦飛
已焉之念。城居囂雜，會心者少，因和淵明歸田園詩韻以寓意云。

寡智空樂水，便靜思潛山。性既時與捩，況復迫暮年。邇者事遠役，
冒涉江海淵。意令不家食，糊口須閭田。因之委順去，強顏官府間。
道遠策疲蹇，跬步鞭莫前。天幸脫羈靮，放歸坰野煙。鄉曲喜我至，
迎拜衣倒顛。雖云有限軀，且遂未老閒。一洗矯拂性，俯仰從天然。

六、戴表元（十首）

　　據《四部叢刊》本《剡源戴先生文集》卷二十七輯錄。

卷二十七

自居剡源少遇樂歲辛巳之秋山田可擬上熟吾貧庶幾得少安乎乃和淵
明貧士七首與鄰人歌而樂之

貧賤如故舊，少壯即相依。中心不敢厭，但覺少光輝。向來乘時士，
亦有能奮飛。一朝權勢歇，欲退無所歸。不如行其素，辛苦耐寒饑。
人生係天運，何用發深悲。

我居在窮巷，來往無華軒。辛勤衣食物，出此二畝園。薅松鬱朝露，

桑柘浮春煙。以茲亂心曲，智計無他妍。擇勝不在奢，興至發清言。
相逢樵牧徒，混混誰愚賢。

松風四山來，清宵響瑤琴。聽之不能寐，中有怨歎音。且起繞其樹，
魂砢不計尋。清音可敷席，有酒誰與斟。由來大度士，不受流俗侵。
浩歌相倡答，慰此雪霜心。

中年涉事熟，欲學唾面婁。逡巡避少年，起穢不敢酬。旁人籲已甚，
自喜計慮周。微勞消厚疢，淺辱勝深憂。從知為下安，處上反無儔。
人生各有志，勇懦從所求。

古人重畎畝，有祿不待干。德成祿自至，釋耒列王官。不仕亦不貧，
本自足饗餐。後世恥躬耕，號呼脫飢寒。我生千禩後，念此愧在顏。
為農倘可飽，何用出柴關。

村郊多父老，面垢頭如蓬。我嘗使之言，辭語不待工。古來名節士，
敢望彭城龔。有叟誚其後，更恨道不同。鄙哉譊譊者，為隘不為通。
低頭拜野老，負耒吾願從。

去年秋事荒，販糶仰鄰州。健者道路間，什伯成朋儔。今年漸向熟，
庶幾民不流。書生自無田，與眾同喜憂。作詩勞鄰曲，有唱誰與酬。
亦無采詩者，此職何可修。

和陶乞食

　　往時，王達蓋嘗與予評陶顏二公云：魯公乞米於李大夫者，李大夫光弼
也。而怪淵明所乞食，失其主人名氏以為恨。余按：淵明《乞食》詩云，饑
來驅我去，不知竟何之。行行至斯里，叩門拙言辭。則是淵明為饑所驅，本
不知為何人家而叩之，亦可憐矣。然淵明家有五男子，傳稱翟氏志趣亦同，
能安苦節。夫耕於前，妻鋤於後。又《責子》詩，雍端俱年十三，或當別有
庶母。淵明又嘗助其薪水。大約計之，不翅百指之家。而當飢餓，單身竟行，
望屋求食，不知其家何以為處。乃不如魯公，闔門同饑共飽，擇英賢可語者
通情焉。不亦可乎。余家與淵明略相類，不敢用淵明法。壬辰春有感於故人
之言，遂和淵明詩韻，將求如李大大者而告之。

今朝胡不樂，取書一哦之。饑窮古不免，陶生良有辭。骨肉同天倫，
僮僕緣食來。如何長年中，萬事付酒杯。脫身得一飽，激烈陳歌詩。
不如魯侯仁，借貸英雄材。嗟餘亦有作，欲向誰同貽。

移居山林和陶

　　余十年前答友人，不求眾人賞，始獲文字傳之句。今觀剡源戴先生自跋
其文，亦如此意云。張瑛題。

讀書南館靜，花竹五畝宅。天晴風日佳，持有山水役。誰今更湫溢，
歲月不煖席。樂事去如夢，情貌已非昔。行止不諒人，是非焉足惜。
寢廟何奕奕，昔聞奚斯詩。南榮支一榻，大似尸祝之。荒垣但喬木，
英風起予思。生涯寄詩書，人憐不知時。我非班定遠，古筆今在茲。
此事未易言，憒憒君勿疑。

七、汪澤雷（一首）

　　據《全元詩》輯錄。

疏齋賜示和陶移居詩有懷從遊之士不鄙荒陋而俎豆之輒次韻以謝不敏

我家南山阿，猿狄之所宅。山中亦何有，圖史窮日夕。知己非所任，
願為老聘役。稍從燕遊間，庶分漁樵席。大雅久不作，茲焉愜平昔。
感遇方為榮，爵圭何待析。

八、仇遠（一首）

　　據《四庫全書》本《金淵集》卷一輯錄。

乙巳歲三月為溧陽校官上府經烏剎橋和陶淵明韻

一日不見山，胸次塵土積。老來志益壯，清遊等疇昔。鍾山草堂古，
每恨身微翮。況是佳麗地，牛馬風不隔。遑遑問征路，冉冉供吏役。
淵明田可秫，肯為五斗易。石橋跨淮水，岐路由此析。俗駕何時回，
為爾謝松菊。

九、于石（一首）

據《四庫全書》本《紫岩詩選》卷一輯錄。

和淵明詩

林屋本深寂，而多禽鳥喧。一靜制群動，何必更幽偏。西風掃脫葉，
見此林杪山。朝看孤雲出，暮看孤雲還。雲飛亦何心，相對兩忘言。

十、方夔（二首）

據《四部叢刊》本《富山遺稿》卷一輯錄。

偶閱淵明開歲古詩因和其韻

開歲倏五十，陶翁感浮休。我生苦後陶，夜夢從之遊。大塊無停機，
歲月去如流。棄家客東安，泛泛雙浮鷗。羲軒古主人，中古稱旦丘。
大倫具五常，大法列九疇。寥寥向千載，孤唱絕眾酬。藐然愧前哲，
中路肯止不。逝言晚聞道，惻惻懷長憂。廓落八紘內，俛仰吾何求。

按和淵明雜詩奈何五十年韻

我生未為後，議論頗自喜。讀書見古人，慷慨欲立事。既壯涉憂患，
輾轉不如意。五十今到門，翻與窮鬼值。老馬但垂頭，不似新駒駛。
前途勿複道，有酒且勤置。

十一、劉因（七十六首）

據《四部叢刊》影印元至順間刊本《靜修先生文集》卷
三輯錄。

卷三

和九日閒居

深居忘晦朔，好事惟侯生。偶因菊酒至，喜聞佳節名。香醪泛寥廓，
醉境還空明。青天凜危帽，浩蕩空秋聲。緬懷長沙孫，生氣流千齡。
乾坤一東籬，南山久亦傾。回看聲利徒，僅比秋花榮。撫時感遺事，
可見萬古情。興詩此三復，淹留豈無成。

和歸田園居五首

少小不解事，談笑論居山。為問五柳陶，栽培幾何年。安得十畝宅，
背山復臨淵。東鄰漢陰圃，西家鹿門田。前通仇池路，後接桃源間。
熙熙小國樂，夢想羲皇前。石上無禾生，粲爛空白煙。營營區中民，
擾擾風中顛。未論無田歸，歸田誰獨閒。迂哉仲長統，論說徒紛然。

商顏高在秦，天馬脫羈鞅。東陵高在漢，云鴻渺遐想。超然秦漢外，
當年誰長往。每讀淵明詩，最愛桃源長。北望無終山，幽棲亦深廣。
空和歸田吟，商聲振林莽。

塊坐生理薄，出門交友稀。田翁偶招飲，意愜澹忘歸。遊秦驚避竈，
過宋須微衣。永謝門外屨，從翁不相違。

魯甸五十畝，簞瓢足自娛。顏生未全貧，貧在首陽墟。商顏遇狂秦，
蕭然真隱居。箕山彼何為，結巢松一株。富貴豈不好，有時貧不如。
在卷非不足，當舒豈有餘。誰持三徑資，笑我囊空虛。傭書易斗米，
吾田亦非無。

吾宗古清白，耕牧巨河曲。雖非公卿門，紆朱相接足。陵谷變浮雲，
家世如殘局。舉目遺安齋，<small>先考嘗題所居齋「遺安」。</small>先訓炳如燭。區區寸
草心，依然抱朝旭。

和乞食

好廉中無實，觸事或發之。萬鍾忘義理，一簞形色辭。吾貧久自信，
笑聽溝壑來。偶聞啼饑子，低眉問殘杯。兒啼尚云可，最愧南陔詩。
豈無乞貸念，慚非動時才。人理諒多闕，清規亦徒貽。

和連雨獨飲

吾心物無競，未醉已頹然。乾坤萬萬古，坐我春風間。弱女亦何知，
挽衣呼我仙。窺人簷鳥喜，共舞風雩天。舉觴屬羲皇，身在太古先。
忽遇弄丸翁，見責久不還。一笑了無間，今夕是何年。遙遙望白雲，
欲辨已忘言。

和移居二首

十年寓茲邑，渾家如泛宅。言念息吾廬，頹然在斯夕。床頭四子書，
補闕薪水役。寒蔬掛庭柯，風葉滿粗席。藩垣護清貧，簞瓢閱今昔。
珍重顏樂功，先賢重剖析。

躬耕力不任，閉戶傳書詩。資生豈師道，捨此無所之。今年穀翔貴，
自笑還自思。安居逢歲歉，乘除動天時。強顏慰妻拏，一飽在來茲。
雪好炊餅大，占年不吾欺。

和還舊居

巨河西北來，浩浩東溟歸。河邊兩榆柳，遊子無窮悲。樹老我何堪，
物是人已非。鄰翁醉相勞，自云鬼錄遺。早晚見先公，問爾今何依。
豈無磊磊功，使我地下推。吞聲謝鄰翁，讀書志未衰。持此報吾親，
余事手一揮。

和九月九日

九月閉物初，孤陽困無交。園木眩霜紅，豈解憂風凋。物外風雲春，
氣橫湖海高。舉手謝浮世，凝睇思層霄。揮觴送秋節，哀此造物勞。
傾河瀉萬象，隨手如沃焦。崇高笑山斗，未能出鈞陶。況彼草間蟲，
區區寒露朝。

和飲酒二十首

尊罍上玄酒，此意誰得之。人道何所本，乃在羲皇時。頗愛陶淵明，
寓情常在茲。子倡我為和，樂矣夫何疑。有問所樂何，欲贈不可持。

醉翁意自樂，非酒亦非山。頹然氣沖適，酒功差可言。謂此不在酒，
得飽忘豐年。君知太和味，方得酒中傳。

阮生本嗜狂，欺世仍不情。酒中苟有道，當與世同名。何為戒兒子，
不作大先生。良心於此發，慨想令人驚。士生道喪後，美才多無成。

草木望子成，豈憂霜露飛。禽鳥忘身勞，但恐饑雛悲。生意塞兩間，
乾坤果何依。我既生其中，此理須同歸。喜見兒女長，不慮歲月衰。
雖為曠士羞，理在庶無違。

山人有靜癖，苦厭一瓢喧。奈何眾竅號，萬木隨風偏。我常涉千里，
險易由關山。今古一長途，遇險焉得還。哀歌歎安歸，夷皓無此言。
我安適歸，謂伯夷歌。吾將何歸，謂四皓歌。此司馬遷、皇甫謐所作，非知夷皓之心者。

茫茫開闢初，我祖竟誰是。於今萬萬古，家居幾成毀。往者既已然，
未來亦必爾。何以寫我心，哀泉鳴綠綺。

生備萬人氣，乃號人中英。以此推眾類，可見美惡情。陰偶小故多，
陽奇屹無傾。誰將春雷具，散作秋蟲鳴。既知治長少，莫歎才虛生。

凝冰得火力，鬱鬱陽春姿。寧滅不肯寒，陽火如松枝。詩家有醇醪，
釀此松中奇。一飲盡千山，枯株彼何為。所以東坡翁，偃蹇不可羈。

黃河萬古濁，猛勢三峰開。客持一寸膠，澄清動高懷。飛駕探崑崙，
尚恐志易乖。囑我乘浮槎，徑往天池棲。就引明河清，為洗崑崙泥。
相看淚如雨，千年苦難諧。何當御元化，擺落人世迷。下覽濁與清，
瞬息千百回。

十年小學師，一屋荒城隅。飢寒吾自可，畜養無一途。亦愧縣吏勞，
催徵費馳驅。平生御窮氣，沮喪恐無餘。長歌以自振，貧賤固易居。
貧賤易居，貴盛難為。乃嵇叔夜詩。

士窮失常業，治生誰有道。身閒心自勞，齒壯髮先老。客從東方來，
溫言慰枯槁。生事仰去聲。小園，分我瓜菜好。指授種藝方，如獲連城
寶。佗年買溪田，共住青林表。

此身與世味，恍若不同時。惟餘雲山供，有來不徑辭。時當持詩往，
報復禮在茲。有客向我言，於道未無疑。不為物所役，乃受煙霞欺。
聞此忽自失，一笑姑置之。

執價韓伯休，混跡在人境。百錢嚴君平，閱世心獨醒。我無騰化術，
凌虛振衣領。又無辟穀方，終年酌清穎。會須學嚴韓，遺風相煥炳。

吾宗幾中表，訪我時一至。自吾居此庵，才得同兩醉。逆數百年間，
相會能幾次。每會不盡歡，親情安足貴。所歡在親情，杯水亦多味。

器飲代窪尊，巢居化安宅。凡今佚樂恩，孰非聖神跡。況彼耕戰徒，勤力有千百。乞我一身閒，坐看山雲白。內省吾何功，停觴時自惜。

四時有代謝，寒暑皆常經。二氣有交感，美惡皆天成。天既使之然，人力難變更。區區扶陽心，伐鼓達天庭。乾坤固未壞，杞人已哀鳴。雖知無所濟，安敢遂忘情。

諸生聚觀史，掩卷慕高風。兀如遠遊仙，獨居無事中。盛衰閱無常，倚伏誰能通。天方卵高鳥，地已產良弓。

人生皆樂事，憂患誰當得。人皆生盛時，衰世將盡惑。水性但知下，安能擇通塞。不見紇干雀，貪生如樂國。古今同此天，相看無顯默。

人生喪亂世，無君欲誰仕。滄海一橫流，飄蕩豈由已。弱肉強之食，敢以凌暴恥。優游今安居，驩然接鄰里。曲直有官刑，高下有人紀。貧贏誰我欺，田廬安所止。舉酒賀生民，帝力真可恃。

人君天下師，垂衣貴清真。羲皇立民極，坐見風俗淳。有德豈無位，萬古湯盤新。師道嗟獨行，此風自周秦。獨行尚云可，誰以儒自塵。有名即有對，況乃一行勤。聖人人道爾，豈止儒當親。儒雖百行一，致遠非迷津。矧伊末世下，空有儒冠巾。何當正斯名，遙酹千載人。

知有會而作並序

今歲旱，米貴而棗價獨賤。貧者少濟以黍食之，其費可減粒食之半。且人之與物貴賤亦適相當，蓋亦分焉而已，偶有所感，而和此詩。

農家多委積，淵明猶苦饑。況我營日夕，凶歲安得肥？衾裯一飽計，何暇謀寒衣。經過米麥市，自顧還自悲。彼求與此有，相直成一非。尚賴棗價廉，殆若天所遺。惟人有貴賤，物各以類歸。小兒法取小，淺語真吾師。

和擬古九首

鬱鬱歲寒松，濯濯春風柳。與君定交心，金石不堅久。君衰我不改，重是平生友。相期久自醉，中情有醇酒。義在同一家，何地分勝負。彼此無百年，幾許相愛厚。持刀斷流水，纖瑕固無有。

客從關洛來，高論聽未終。連稱古英傑，秉國或從戎。建立天地極，蔚為蓋世雄。功成脫弊屣，飄然躡遺風。生世此不惡，君何守賤窮。急呼酌醇酒，延客無何中。

同遊非所思，所思天一隅。有問所思誰，意在言不舒。古今猶旦暮，四海同一廬。恍惚精靈通，似見與我居。攬衣欲從之，寒月照平蕪。茫然不知處，歎息將焉如。

朝遊易水側，步上燕臺荒。燕王好神仙，不見金銀堂。江山古神器，海色圍蒼茫。哀哉王風頹，日化爭奪場。拯世豈無人，齎志歸北邙。撫此重長歎，青山忽軒昂。呼酒樂今朝，往事置一方。遙知蓋棺後，亦起千載傷。

依依月光缺，熒魄恒獨完。清光如素絲，長懷綴君冠。形雖隔萬里，咫尺皆君顏。望君君不來，十年不開關。豈無黃金贈，藉以青錦端。愛惜明月珠，肯為黃雀彈。庭前秋柏實，月夜棲孤鸞。君嘗寸心苦，中有千歲寒。

河流高拍天，沈水洑在茲。自傷困無力，乘彼朝宗時。顏色變涇渭，風味存澠淄。願君深識察，期君不相疑。此情良可憐，感慨贈以辭。辭云丹山鳥，千載多苦思。身遊九霄上，不受塵世欺。忍饑待竹實，浩蕩今何之。歌為靈鳳謠，亂以猛虎詩。

西山有佳氣，草木含清和。道逢方瞳翁，援琴為我歌。音聲一何希，一唱三歎多。問翁知此誰，指我蟠桃華。所望在千年，君今將奈何。

翩翩誰家子，慷慨歌遠遊。忽記少年日，猛志隘九州。何物能勸人，有此歲月流。君心海無底，亦使成高丘。贈君一卷書，其傳自衰周。讀此當自悟，擾擾將焉求。

岩岩牛山木，久矣困樵採。望望深潤芝，無人香不改。一葉振江潭，輕波欲達海。幽明理一貫，影響不相待。願天誘臣衷，所求惟寡悔。

和雜詩十一首

日食百馬芻，足有萬里塵。乃知一駿骨，可百駑胎身。生汝天已艱，

天復無私親。安肯養一物，侵奪空四鄰。長饑汝自取，況值秋霜晨。難生復難長，愁絕藝蘭人。

胸中無全山，橫側變峰嶺。不及靈椿秋，遂謂長春景。只見柏參天，豈知根獨冷。井蛙見自小，夏蟲年不永。天人互償貸，千年如響影。廓哉神道遠，瞬息苦馳騁。平生遠遊心，觀物有深靜。

晝長夜乃短，百刻君自量。贏餘雖可致，君看蜜蜂房。董生論齒角，三策奏未央。樂天喻花實，妙理通陰陽。白詩「荔支非名花，牡丹無佳實。」稠薄只升米，聽爾宜饑腸。

好事理艱阻，人情多畏豫。芝蘭種不生，鸞鴻動高翥。遂令好賢心，難親恐易去。巢燕不待招，庭花免憂慮。所以末世下，凡百古不如。皎皎千里駒，肯為場苗住。求賢非吾分，切己在何處。平生取友志，持此當警懼。

因觀倚伏機，亦愛柱下老。時危不易度，遜默庶自保。不見春花樹，隆冬抱枯燥。生意斂根柢，發洩敢獨早。聖德實天生，自信耿中抱。猶存悄悄心，庸人安足道。

幼安返鄉郡，知音得程喜。有問平生心，但說臨流事。乾坤魏山陽，史筆凜生意。物外此天民，與魏偶相值。見《通鑒綱目》。澹然涉世情，月閣雲自駛。我作安化箴，上安其賢，民化其德。見《管寧傳》注。韋弦不須置。

太玄豈無知，不覺世運迫。為問莽大夫，何如成都陌。揚雄嘗師嚴君平。扶搖得真易，長臥山雲白。扶搖、白雲，皆陳圖南號。中有安樂窩，氣吐宇宙窄。消長粲以密，我主彼為客。觀先天圖可見。問子居何方，環中有真宅。

朝耕隆中田，暮採成都桑。平生澹泊志，醜女同糟糠。愛此真丈夫，忘我廚無糧。當年靜修銘，團茅雞距陽。雞距，保府泉名。舊嘗取武侯「靜以修身」語名所寓舍「靜修龕」。回頭十五載，塵跡徒自傷。山居久岑寂，主靜豈無方。安得無極翁，酌我上池觴。

燕南可避世，逸興生雲端。安得百里封，一邑不改遷。弦誦和寒流，溝塗映晴巔。思此良自苦，躬耕望盤餐。願從八吟翁，橫渠有八翁吟，因自謂八吟翁。同結一井緣。買山不用詩，探囊謾千篇。

西山霍原宅，古蹟猶可稽。見《水經注》。重吟豆田謠，愁雲落崩崖。《豆田謠》見《霍原本傳》。魯酒邯鄲圍，撫事傷人懷。林宗自高士，此世淹亦彌。一聞孺子語，西風草披離。知幾在明哲，何事緤塵羈。君觀括囊戒，無盈庶無虧。

我遊深意寺，郎山古清涼。興妖如米賊，乘時起陸梁。見《五代史記》。不見重華帝，所居亦成鄉。乾坤師道廢，春陽變秋霜。撫事三太息，欲語意何長。

和詠貧士七首

陶翁本強族，田園猶可依。我惟一畝宅，貯此明月輝。翁復隱於酒，世外冥鴻飛。我性如延年，與眾不同歸。孤危正自念，誰復慮寒饑。努力歲雲暮，勿取賢者悲。「獨正者危，至方則礙，爾實愀然，中言而發，違眾速尤，迕風先蹶。」此淵明規顏延年語也，見延年《誄公文》。

王風與運頹，一輕不再軒。消中正有長，冬溫見瓜園。人才氣所鍾，亦如焰後煙。寥寥洙泗心，千載誰共研。龍門有遺歌，三歎誦微言。意長日月短，持此託後賢。

淵明老解事，撫世如素琴。似人猶可愛，況乃懷好音。鄉閭誰盡賢，招飲亦相尋。豈有江州牧，既來不同斟。仲尼每諱魯，邦君誠可欽。史筆自好異，誰求賢者心。

木石能受唾，豈獨相國婁。視唾若如雨，編人亦不酬。無心乃直道，矯情實莊周。身外不為我，袒裼吾何憂。伯夷視四海，願人皆我儔。吾謂下惠隘，此說君試求。

飲酒不為憂，立善非有干。偶讀形神詩，大笑陶長官。傷生遂委運，一如咽止餐。參回豈不樂，履薄心常寒。天運安敢委，天威不違顏。莊生雖曠達，與道不相關。

物外有幽人，閱世如飛蓬。浮名不可近，造物難為工。西京二百年，
藉藉楚兩龔。豈知老父觀，才與薰蕕同。為問老父誰，身隱名不通。
偶逢荷蓧者，欣然欲往從。

生類各有宜，風氣異九州。易地必衰悴，蓋因不同儔。水物困平陸，
清魚死濁流。麟亡回既夭，時也跎無憂。天亦無奈何，自獻敢望酬。
寄語陶淵明，雖貧當進修。

和詠二疏

委質義有歸，乞骸老當去。豈無戀闕心，難忘首丘趣。在禮此常典，
末世成高舉。漢庭多公卿，圖畫兩疏傅。至今秦中吟，感歎東門路。
目睹霍將軍，功高擅恩顧。一朝產危機，千載損英譽。仲翁幸及年，
安肯嬰世務。聖主賜臣金，奉養行所素。造物佚我老，餘齡今自悟。
田園付子孫，身後復無慮。神交冥漠中，樂境尚森著。

和詠三良

江山錯如繡，死與弊屍遺。安用親愛人，共此丘土微。秦人多尚氣，
宜無兒女私。乃亦如當途，區區戀衣帷。因傷秦政惡，三歎王綱虧。
殉人已可誅，而況收良歸。坐令百夫特，含恨與世違。秖應墓前柏，
直幹千年希。遙知作俑戒，為感詩人悲。重吟黃鳥章，淚下沾人衣。

和詠荊軻

兩兒戲邯鄲，六國朝秦嬴。秦王鷙鳥姿，得飽肯顧卿。燕丹一何淺，
結客報咸京。當時勢已危，奇謀不及行。政使無此舉，寧免繫頸纓。
如丹不足論，世豈無豪英。天方事除掃，孰御狂飆聲。我欲論成敗，
高歌呼賈生。乾坤有大義，迅若雷霆驚。堂堂九國師，誰定討罪名。
一戰固未晚，何為割邊庭。區區六孱王，山東但空城。孟荀豈無術，
乘時失經營。今雖聖者作，不抹亂已成。酒酣發羽奏，亂我懷古情。

和讀山海經十三首

寰區厭迫隘，思見曠以疏。四壁畫諸天，愛此金仙廬。丹青煥神跡，
勝讀談天書。乃知屈子懷，託興青虯車。回看百千仞，朝露棲園蔬。

歸來誦陶詩，復與山經俱。山經何所似，俚嫗談浮圖。汗漫恐不已，身心歸晏如。

鳳鳥久不至，思君慘別顏。中心藏竹實，炯炯空千年。千年寄何所，云在丹穴山。何當一呼來，徵爾無稽言。

翩翩三危鳥，為我使昆丘。聞有西王母，靈化略難儔。願清黃河源，一洗萬里流。吾生豈無志，所居非上游。

瀟湘帝子宅，縹緲乘陰陽。欲往從之遊，風波道阻長。秋風動環珮，星漢搖晶光。月明江水白，萬里同昏黃。

重華去已久，身世私自憐。皇靈與天極，蒼梧渺何山。晴空倚翠壁，白雲淡無言。愁心似湘水，猶望有歸年。

夢登日觀峰，高撫扶桑木。手持最上枝，傳與甘淵谷。一笑天驚白，蒼涼出新浴。何方積九陰，區區尚龍燭。

累累玉膏實，泠泠琪樹陰。鸞鳳自歌舞，瑟瑟風動林。風林奏何樂，賓天有遺音。君何坎井念，永負琅園心。

明星捧玉液，太華參天長。仙掌一揮謝，此樂殊非常。矯首望夸父，饑渴無餘糧。奔競竟何得，歸哉此中央。

水物自一隅，亦復具飛走。乃知造化工，錯綜無欠負。茫茫山海間，形類靡不有。此亦何可窮，一覽置肘後。

遙醉楚江騷，清愁浩如海。蹈襲此何人，興寄果安在。豈期紫陽出，誇謔莫追悔。見朱文公《楚詞辨証》。五藏今九丘，「五藏」見《山海經序》。除去尚奚待。

流觀山海圖，淵明有深旨。撫心含無疆，觀形易生死。異世有同神，此境若親履。何以發吾歡，濁酒真可恃。

扶疏窮巷陰，回車想高士。厭聞世上語，相約扶桑止。讀君孟夏詩，千載如見爾。開襟受好風，試學陶夫子。

陶令自高士，葛侯亦奇才。中州亂已成，翩然復南來。三遊領坡意，厭世多驚猜。不妨成四老，雅興更悠哉。

十二、黎廷瑞（一首）

據《全元詩》輯錄。

九日和陶

開門見秋山，忻然如故交。煙雲淡相媚，卉木青未彫。茲遊忽自念，誰與為登高。目涉已千仞，神遊還九霄。世短奚足歎，意多亦徒勞。奈何怨遲暮，況復懷覆蕉。至樂豈必酒，天真自陶陶。長吟對寒花，萬期猶一朝。

十三、任士林（一首）

據《四庫全書》本《松鄉集》卷九輯錄。

侍家君行雷公山中謁大父墓因和淵明韻

歲月不可恃，四時如番休。今日復何日，父子同嬉遊。雷公山氣佳，春水生溪流。上有冥飛鴻，下有忘機鷗。杖屨遍林谷，徘徊依先丘。樵牧賞我趣，班荊為賓儔。酒酣忽高歌，山空聲相酬。昔者焦先廬，似此深密不。衣冠不足惜，陵谷非吾憂。松根茯苓長，便此居何求。

十四、安熙（八首）

據《四庫全書》本《默庵集》卷一輯錄。

和淵明飲酒

我本山澤臞，殊非廊廟英。忘意羲皇上，千載有深情。豈無樽中酒，持杯向誰傾。遙憐昆丘鳳，朝陽亦孤鳴。願言躡高躅，要不負此生。

病臥窮廬時詠靜修仙翁和陶詩以自適輒效其體和詠貧士七篇非敢追述前言聊以遣興云耳

士生三季後，悢悢渺何依。空餘身後名，炯炯留清暉。自古有商顏，

冥鴻快高飛。白雲在空谷，哀歌歎安歸。雖無首陽薇，紫芝足療饑。
九原不可作，撫己良可悲。

我慚未聞道，雅意慕羲軒。力學非董生，三年不窺園。團茅借幽棲，
土銼寒無煙。詩書化鄉鄰，寧免朱墨研。紫陽繼絕學，汗簡多微言。
雖愚莫自棄，感慨追前賢。

靜中有真趣，非弦亦非琴。耿耿方寸間，千年有遺音。手植庭下蘭，
奇香愜幽尋。獨處誰晤語，有酒還自斟。西山蕨薇多，長往夙所欽。
塵跡尚淹留，低徊愧初心。

淵明守窮賤，生平慕黔婁。富貴如浮雲，萬變紛相酬。世運自興衰，
常恐德未周。羲皇不可見，日暮悵離憂。乾坤一東籬，百代無與儔。
寄語狂馳子，擾擾將焉求。

顏孫遊聖門，尚思祿可幹。所以後世士，妄生慕榮官。我生初未貧，
傳經易朝餐。妻不解啼饑，兒不知號寒。水菽非甘旨，吾親亦怡顏。
簞瓢存至樂，不須求抱關。

子雲辱天祿，原思樂蒿蓬。貧賤固易居，貴盛誠難工。士生或不偶，
高節追兩龔。世道有隆污，卷舒自不同。萬古先天圖，消長理誰通。
懷人今已矣，歎息將焉從。

披褐守長夜，虛名愧中州。舉杯對明月，顧影念同儔。消中雖有長，
四海嗟橫流。不賴固窮節，孰知身世憂。高歌詠停雲，奈此志莫酬。
三復淵明詩，邈哉此前修。

十五、釋梵琦（七首）

據《全元詩》輯錄。

和淵明九日閒居詩

閒居愛重九，使我念陶生。但取杯中物，不貪身後名。季秋霜始降，
向晚月初明。草際亂蟲語，林梢殘葉聲。疏籬採叢菊，小嚼扶衰齡。

美酒既滿樽，一吟還一傾。田園自可樂，圭袞何足榮。貴賤各有志，好惡吾無情。所以君子懷，悠哉歲功成。

和淵明仲秋有感

皇天分四時，白露表佳節。最愛潭水清，猶如鏡容徹。蟾蜍出覆沒，絡緯聲欲絕。靜臥深夜起，仰觀眾星列。流水可嗟吁，附勢非俊傑。身即大患本，愧無長生訣。且餐籬下菊，兼吸杯中月。

和淵明新蟬詩

新蟬何處來？鳴我高槐陰。流水欲入屋，好風自開襟。床頭一束書，壁上三尺琴。琴以散哀樂，書以通古今。所幸車馬稀，非邀里人欽。虛名如北斗，有酒不能斟。縱洗爰居耳，寧知鍾鼓音。陶潛初解組，蘇軾未投簪。莫改麋鹿性，常懷煙嶂深。

居秦川正月初追念疇昔和遊斜川詩

日月更出入，何時得番休。古人厭長夜，常欲秉燭遊。散亂北歸翼，蒼茫東逝流。輕颺拂海霧，遠景分沙鷗。適野見漁樵，杖藜赴林丘。群松何錯落，乃與雜蔓儔。譬彼丈夫雄，兒女相互酬。卻立冰雪間，爾曹無愧否。陽春降德澤，草木解陰憂。但事食與眠，其他非我求。

和怨詩楚調示龐主簿鄧治中

淵明性嗜酒，燭理本昭然。楚調豈懷怨，宋詩猶紀年。明微性有在，造物初無偏。均彼雨露功，異此肥磽田。龐鄧又相知，往來同故廛。論文終朝樂，枕曲竟夜眠。但使名萬古，何須歲三遷。親朋滿中外，圖史散後前。時複寫我懷，陶泓染松煙。悲歌亦不惡，適意期為賢。

中夏示張養元和次胡西曹示顧

何人製團扇，為我邀涼飆。新竹已解籜，早蓮欲垂衣。高堂金博山，山中碧縷微。款客稍進簟，呼童剩烹葵。灑然煩襟靜，覺此暑力衰。蕉葉映桼几，援毫時一揮。居閒不勝樂，見事無乃違。坐念十載前，奔走令心悲。

送董國賢任奉化州別駕

滄江風露冷，綠埜花草腓。天遠孤鳥沒，海深眾流歸。高賢少許可，
盛德方瞻依。昨旦欣來聚，茲晨悵言違。直因山川近，良免徒駊悲。
握手多交舊，名藩借光輝。疲民望已深，別駕未可遲。簿領有餘暇，
道路不拾遺。

十六、吳萊（七首）

據《四部叢刊》本《淵穎集》卷四輯錄。

和陶淵明詠貧士

長吟望天地，宛轉無所依。豈不有達者，窮簷少光輝。此心未能信，
何力求奮飛。生雖百夫特，死共一貉歸。行尋靈芝草，不救歲晚饑。
去矣甑石竭，焉知溝壑悲。

大道忽已喪，翻然念羲軒。今我去之久，十年躬灌園。存者耿日月，
余如飄風煙。身名易汩沒，文字勤磨研。磨研何所事，先覺有遺言。
楊朱談力命，列子亦稱賢。

山日淒以夕，起彈綠綺琴。清哉積雪曲，自昔無知音。世間紛且擾，
貧與懣相尋。春江變作酒，野鳥令人斟。敝衣時所棄，華駟眾爭欽。
不有丈夫氣，徒為行路心。

上天無停曜，日月會降婁。山林少過轍，二鳥鳴相酬。亦有五采鳳，
飛來為岐周。姬公世不作，白屋多懷憂。逢時倘一用，華士非吾儔。
函谷空逐客，傅岩乃旁求。

人生自沉靜，豈得非意干。宜哉揚執戟，三世不徙官。窮冬無完褐，
盡日止一餐。美芹終不獻，晨曝尚餘寒。手種老松樹，蒼然霜雪顏。
政爾有佳思，清風吾掩關。

舉世尚馳鶩，飄如風中蓬。上書爭眩鬻，言語自稱工。誰歟持清節，
乃見楚兩龔。黃塵隨手掃，白月與心同。有榮方覺辱，無屈豈求通。
誓追遼海鶴，插翅以相從。

少小負奇志，常思觀九州。垂成捨冠冕，去結巢許儔。朝餐秋柏實，夕漱醴泉流。長貧士之常，獨往非我憂。求馬但得骨，尚能千金酬。日望芳草長，毋煩怨靈修。

十七、唐桂芳（一首）

據《全元詩》輯錄。

近闢一室扁曰琴書所或者病其湫隘不稱隱者之居也率二兒各和陶詩

伊予拙生理，頗覺人事疏。驅馳干戈際，始構此室廬。時雨趁東作，既耕仍讀書。投老不願仕，何煩聘安車。兒童喜相報，翠色饒園蔬。雖無八珍味，美酒相與俱。百年戒知足，踰分非良圖。所以謝榮辱，俛仰常晏如。

十八、桂德稱（一首）

據《全元詩》輯錄。

和陶

我生雖阨窮，牆屋亦苟完。集芳被荷衣，隱居思鶡冠。素無怨懟心，安有憂戚顏。明月照溪堂，清風隱柴關。螺杯偶獨酌，焦尾時一彈。悠悠五噫歌，遠懷梁伯鸞。庭前種梧竹，清秋共高寒。

十九、戴良（五十一首）

據《四部叢刊》本影印明正統黑口本《九靈山房集》卷二十四輯錄。

卷二十四

和陶淵明雜詩十一首

大鈞播萬類，飄忽如風塵。為物在世中，倏焉成我身。弟兄與妻子，於前定何親。生同屋室處，死與丘山鄰。彼蒼無私力，宵盡已復晨。獨有路旁埃，長閱往來人。

憶昔客吳山，門對萬松嶺。松下日行遊，況值長春景。竭來臥窮海，
時秋枕席冷。還同泣露螢，唧唧弔宵永。豈無棲泊處，寄此形與影。
行矣臨逝川，前途無由騁。以之懷往年，一念詎能靜。

羲馭不肯遲，榮悴詎可量。舉頭望穹昊，日月已宿房。隕霜凋眾類，
慘慘未渠央。李梅忽冬實，又復值愆陽。物化苟如此，祇亂我中腸。

遜默度危時，無如莊與老。膏火終受焚，樗櫟庶自保。我昔獻三策，
論辨吻常燥。一聞倚伏言，頗恨歸不早。此理端足信，明月耿中抱。
愁絕舊同袍，學廣未聞道。

我無猛烈心，出處每猶豫。或同燕雀棲，或逐梟鸞翥。向焉固非就，
今者孰為去。去就本一途，何用獨多慮。但慮末代下，事事古不如。
從今便束裝，移入醉鄉住。醉鄉固云樂，猶是生滅處。何當乘物化，
無喜亦無懼。

東漢有兩士，幼安與程喜。爰得交友心，知音乃余事。伯牙絕其弦，
豈亦會斯意。如何百代下，不與昔人值。涉江採芳馨，頹波正奔駛。
四顧無寄者，三嗅復棄置。

唐堯忽以遠，遺風浸褊迫。子陵識其機，竟別洛陽陌。自非大聖人，
誰能試堅白。長嘯望前途，宇宙乃爾窄。徘徊東海上，庶遇煙霞客。
此事已荒唐，且向環中宅。

朝耕谷口田，暮採陌上桑。歲晚望有收，嗟哉成粃糠。白頭去逐食，
所謀惟稻粱。嗷嗷天海際，何異雁隨陽。昨宵得奇夢，可喜復可傷。
為言東海上，卻粒有其方。早晚西王母，酌以瑤池觴。

天地有常運，陰陽無定端。夏蟲時不永，安睹歲月遷。嗟我在世中，
倏忽已華顛。何能得仙訣，拾取朝霞餐。蓬萊去此近，欲往無由緣。
從今棄諸事，盡付悟真篇。

秦灰未遽冷，於古何所稽。前行有衢路，往往變岩崖。我來一問津，
感歎傷人懷。是道在天地，大可六合彌。諸儒拾煨燼，破裂日愈離。
遂令高世才，放蕩莫控羈。時無洛中叟，此事諒終虧。

文武久不作，周德日以涼。老聃隱柱史，莊叟避濠梁。正聲淪鄭衛，
禮俗變邊鄉。是來談治道，夏蟲以鳴霜。悠悠遡黃唐，古意一何長。

和陶淵明擬古九首

皎皎雲間月，濯濯風中柳。一時固云好，相看不堅久。我昔途路中，
談笑得石友。殷勤無與比，常若接杯酒。當其定交心，生死肯余負。
一朝臨小利，何者為薄厚。平居且尚然，緩急復何有。

撫劍從羈役，歲月已一終。借問所經行，非夷亦非戎。中遭世運否，
言依蓋世雄。塵埃縱滿目，肯污西來風。舉世嘲我拙，我自安長窮。
孤客難為辭，寄意一言中。

白日忽已晚，流光薄西隅。老人閉關坐，慘慘意不舒。日月我戶牖，
天地吾室廬。自非奪元化，此中寧久居。今夕復何夕，涼月滿平蕪。
悠悠望去途，歎息將焉如。

我昔年少時，高視陵八荒。惟思涉險道，誰能戒垂堂。南轅與北軌，
所歷何杳茫。一旦十年後，盡化爭戰場。豈無英雄士，幾人歸北邙。
撫此重長歎，壯志失軒昂。斂退就衡宇，蹙蹙守一方。往事且棄置，
身在亦奚傷。

圭玷猶足磨，甌墮不可完。素行有一失，誠負頭上冠。孔門諸弟子，
賢者是曾顏。超然季孟中，窮達了不關。我嘗慕其人，相從叩兩端。
形影忽不及，咄咄指空彈。取琴置膝上，以之操孤鸞。寸心固云苦，
中有千歲寒。

天運相尋繹，世道亦如茲。王孫泣路旁，寧似開元時。所以古達人，
是心無磷緇。弁髦視軒冕，草澤去不疑。西方有一士，與世亦久辭。
介然守窮獨，富貴非所思。豈不瘁且艱，道勝心靡欺。恨無史氏筆，
為君振耀之。誰是知音者，請試弦吾詩。

勸君勿沉憂，沉憂損天和。尊中有美酒，胡不飲且歌。我觀此身世，
變幻一何多。無相亦無壞，信若空中花。戚戚以終老，君今其奈何。

故國日已久，朝暮但神遊。誰謂相去遠，夙昔隘九州。此計一云失，坐見歲月流。歲月未足惜，恐遂忘首丘。在昔七人者，抱節去衰周。不遇魯中叟，履跡將安求。

牆頭有叢菊，粲粲誰復採。蹉跎歲年晚，香色日以改。我欲一往問，渺渺阻煙海。遙知霜霰繁，莖葉不餘待。亦既輕去國，已矣今何悔。

和陶淵明飲酒二十首並序

　　余性不解飲，然喜與客同倡酬，士友過從，輒呼酒對酌，頹然竟醉，醉則坐睡終日。此興陶然。壬子之秋，乍遷鳳湖，酒既艱得，客亦罕至。湖上諸君子知余之寡歡也，或命之飲，或饋之酒，行遊之暇，輒一舉觴。飲雖至少，而樂則有餘。因讀淵明《飲酒》二十詩，愛其語淡而思逸，遂次其韻，以示里中諸作者，同為商榷云耳。

今晨風日美，吾行欲何之。平生慕陶公，得似斜川時。此身已如寄，無為待來茲。況多載酒人，任意復奚疑。山巔與水裔，一觴歡共持。

好鳥不鳴旦，好水不出山。入冥而止坎，古亦有遺言。所以彭澤翁，折腰愧當年。不有酣中趣，高風竟誰傳。

淵明曠達士，未及至人情。有田惟種秫，似為酒中名。過飲多患害，曷足稱養生。此生如聚沫，忽忽風浪驚。沉醉固無益，不醉亦何成。

一鳥乘風起，逍遙天畔飛。一鳥墮泥塗，嗷嗷鳴聲悲。升沉亦何常，時去兩無依。我昔道力淺，磬折久忘歸。邇來解其會，百念坐自衰。惟尋醉鄉樂，一任壯心違。

昔出非好榮，今處非避喧。中行有前訓，恐遂墮一偏。商於四老人，遁之在西山。朝歌紫芝去，暮逐白雲還。當其扶漢儲，亦復吐一言。

紛紜世中事，夢幻無乃是。方夢境謂真，既覺境隨毀。豈惟世事然，我身亦復爾。請看竺乾書，此語諒非綺。

幽蘭在澗谷，眾卉沒其英。清風一吹拂，卓然見高情。萬物皆有時，泰至否自傾。蟄雷聲久閉，未必先春鳴。有酒且歡酌，何用歎此生。

三春布陽德，萬物發華滋。凌霄直微類，近亦附喬枝。低迷眾無睹，
高出乃見奇。煌煌九霄中，榮誇遽爾為。我道似不爾，一笑懸吾羈。

我卜山中居，柴門林際開。湖光並野色，一一入吾懷。勿言此居好，
殆與素心乖。越鳥當北翔，夜夜思南棲。蛟龍去窟宅，常懷蟄其泥。
此土固云樂，我事寡所諧。惟於酺醉中，歸路了不迷。時時沃以酒，
吾駕亦忘回。

悠悠從羈役，故里限東隅。風波豈不惡，遊子念歸途。朝隨一帆逝，
暮逐一馬驅。如何十舍近，翻勝千里餘。在世俱是客，且此葺吾居。

我如北塞駒，困此東南道。有力不獲騁，長鳴至於老。苒苒陰陽移，
萬物遞榮槁。既無騰化術，此身豈長好。一朝委運往，恐遂失吾寶。
何當攜曲生，縱浪遊八表。

靡靡歲云晏，此已非吾時。深居執蕩志，逝將與世辭。破屋交悲風，
得處正在茲。握粟者誰子，無煩決所疑。道喪士失己，節義久吾欺。
於心苟不愧，窮達一任之。

世間有真樂，除是醉中境。可能得美酒，一醉不復醒。陶生久已沒，
此意竟誰領。東坡與子由，當是出囊穎。和陶三四詩，粲粲夜光炳。

里中有一士，愛客情亦至。生平不解飲，而獨容我醉。我亦高其風，
往還日幾次。爾汝且兩忘，何知外物貴。尚懼數見疏，淡中自多味。

老我愛窮居，蒿蓬荒繞宅。與世罕所同，車馬絕來跡。寓形天壤內，
幾人年滿百。顧獨守區區，保此堅與白。若復不醉飲，此生端足惜。

大男逾弱冠，粗嘗傳一經。小男年十三，玉骨早已成。亦有兩女子，
家事幼所更。女解事舅姑，男可了門庭。悉如黃口雛，未食已先鳴。
此日不在眼，何以慰吾情。

五十知昨非，伯玉有遺風。而我豈謂然，野蓬生麻中。年來更世患，
頗悟窮與通。所失豈魯寶，所亡非楚弓。

棲棲徒旅中，美酒不常得。偶得弗為飲，人將嘲我惑。天運恒往還，
人道有通塞。伊洛與瀍澗，幾度弔亡國。酒至且盡觴，餘事付默默。

結交數丈夫，有仕有不仕。靜躁固異姿，出處盡忘己。此志不獲同，
而我獨多恥。先師有遺訓，處仁在擇裏。懷此頗有年，茲行始堪紀。
四海皆弟兄，可止便須止。酣歌盡百載，古道端足恃。

陶翁種五柳，蕭散本天真。劉生荷一鍤，似亦返其淳。步兵哭途窮，
詩思日以新。子雲草太玄，亦復賦劇秦。四士今何在，賢愚同一塵。
當時不痛飲，為事亦徒勤。嗟我百代下，頗與四士親。遙遙涉其涯，
斂然一問津。但懼翻醉墨，污此衣與巾。君其恕狂謬，我豈獨醒人。

和陶淵明移居二首並序

　　余去歲六月遷居慈谿之華嶼，迨今逾一年。僻處寡儔，頗懷鳳湖士俗之
盛，意欲居之。後遊其地，得錢仲仁氏山齋數椽，遂欣然徙家焉。因和此二
詩，以呈仲仁。

昔我客華嶼，古寺分半宅。窮年無俗調，看山閱朝夕。如何捨之去，
遙遙從茲役。朋遊方餞送，賦詩仍設席。共言新居好，今更勝疇昔。
高歌縱逸舟，持用慰離析。

我未踐斯境，已賦考槃詩。懷此多年歲，二麇今得之。陶翁徙南村，
言笑慰相思。斗酒洽鄰曲，亦有如翁時。投身既得所，何能復去茲。
鷦鷯一枝足，古語不余欺。

和陶淵明歲暮答張常侍一首

長蛇驚赴壑，逸騎渴奔泉。歲月亦如是，吾生復何言。容鬢久已衰，
矧茲憂慮繁。俯仰念今昔，其能免厥愆。馬老猶伏櫪，鳥倦尚歸山。
一來東海上，十載不知還。竟如庭下栢，受此蔓草纏。莖葉日已固，
何有挺出年。人生無定在，形跡憑化遷。請棄悠悠談，有酒且陶然。

和陶淵明連雨獨飲一首並序

　　吾居海上，旅懷鬱鬱。方錢諸地主時餽名酒，慰此寂寥，悶至，輒引滿
獨酌，坐睡竟日，乃和此詩以寄。

平生不解醉，未飲輒頹然。近賴好事人，置我秫阮間。一酌憂盡忘，
數斟思已仙。似同曾點輩，舞此風雩天。人道何所本，乃在羲皇先。
如何末代下，莫挽淳風還。淫雨動連月，此日復何年。履運有深懷，
酒至已忘言。

和陶淵明詠貧士七首並序

　　余居海上之明年，適遭歲儉。生計日落，饑乏動念，況味蕭然。乃和此
七詩以寄鶴年，且邀同賦諸志諸公。

烏鵲失其群，棲棲無所依。豈不遇良夜，誰共星月輝。兩翮已云倦，
何力求奮飛。遙見青松樹，決起一來歸。孤危正自念，復慮歲晚饑。
苟遂一枝託，安知溝壑悲。

大道邈難及，我已後羲軒。代耕非所願，十年躬灌園。晨興當抱甕，
破突寒無煙。寥寥千古心，豈暇相磨研。鳳兮有遺歌，三歎諷微言。
餘生倘可企，託知此前賢。

永夜寒不寐，起坐彈鳴琴。清哉白雪操，世已無知音。座上何所有，
五窮迭相尋。呼酒欲與酌，塵罍屢罷斟。簞瓢世所棄，鼎食眾爭歆。
固窮有高節，誰見昔賢心。

長吟望穹昊，煜煜明降婁。時秋屬收斂，此願竟莫酬。自余逢家乏，
歲月幾環周。姬公忽以遠，白屋終懷憂。我豈忘世者，嗟哉誰與儔。
伯夷本不隘，此說君當求。

陶翁固貧士，異患猶不干。公田足種秫，亦且居一官。我無半畝宅，
三旬才九餐。況多身外憂，有甚饑與寒。委懷窮簷下，何以開此顏。
清風颯然至，高歌吾掩關。

僦居當陋巷，舉目但蒿蓬。豈忘剗刈心，家窶罕人工。且茲敦苦節，
竊附楚兩龔。其人不並世，茲懷誰與同。有榮方覺辱，無屈豈求通。
適值偶耕者，欣然將往從。

疇昔解塵鞅，撫劍遊東州。饑劬十年久，遂與樵牧儔。世人見不識，

翳然成俗流。子廉感妻仁，靖節為子憂。因念南歸日，此責復難酬。
吾事可奈何，終以愧前修。

二十、金固（一首）

據《全元詩》輯錄。

雪印上人和陶靖節遊斜川詩效作

掩卷坐日晏，意倦聊復休。緬懷百歲內，曠彼山澤遊。濠梁滅往跡，
言詠川上流。出沒俯遊鰷，容與狎翔鷗。塵世寧不悲，瑤臺成古丘。
陶潛稱達生，吾豈斯人儔。興來持一觴，自酌還自酬。卓哉東林士，
其樂有此不。幸免儋石儲，不為軒冕憂。攝生貴止足，知命復何求。

二十一、謝肅（一首）

據《四部叢刊》本《密庵集》卷四輯錄。

己酉九日瓜州次陶靖節己酉九日韻

廣陵值佳節，遊子欣慨交。閒情日已適，短髮秋自凋。俯愧魚龍蟄，
仰慚鴻雁高。落木際遙岸，微雲翳曾霄。豈無沉尊釀，薄慰行路勞。
採菊芳洲上，獨酌當金焦。酣來登遠遊，悵望柴桑陶。達人愛重九，
從古非一朝。

二十二、張暎（二首）

據《全元詩》輯錄。

次韻南屏徵君移居和陶詩二首

避喧去人群，幽棲得安宅。一壺自掛酌，聊以永今夕。平生觀物心，
頗為山水役。忘魚倦垂綸，看雲屢移席。莫嗤徇名徒，抱子當如昔。
譬彼蟠木根，非斤鉅能折。

屏居絕華靡，連林盡書詩。門前有嘉樹，好鳥日所之。忽聞求友聲，
動我停雲思。人生百年內，歡會能幾時。桑榆要適性，陶寫當自□。
偉哉先達言，豈為後來欺。

後　記

　　這本小書是在我博士論文的基礎上修改而來的，算是對自己博士生涯的一個總結。雖然知道它還存在許多不足，但就像自己親手種下一粒種子，澆水、施肥、拔草、捉蟲，其間經歷種種辛苦，付出很多心血，所以當看到收穫的果實，內心還會產生按捺不住的激動和喜悅。

　　衷心感謝恩師范子燁先生。能夠追隨先生學習中古文學，是我人生一大幸事。先生學識淵博，造詣精深，治學嚴謹，當初在我寫作博士論文時，從選題、章節安排、論文推進乃至於相關資料的收集，都凝聚了先生的殷殷心血。此次拙著出版，又得到先生許多悉心指導。先生不但在學術上卓有建樹，在為人處世方面也頗具魏晉名士之風，仁厚、灑脫、真誠、寬懷，和他的才情凝聚在一起，便形成一種獨特的人格魅力，我耳濡目染，收穫良多。

　　感謝讀博期間給我關心幫助的各位老師和同學。特別感謝馬自力教授，在學術上給予我很多指導和幫助，馬老師的謙謙君子之風，令人印象深刻。感謝白彬彬師兄，無論是考博還是在博士論文寫作中，都給我很多支持，尤其是在論文寫作陷入困境時，幾次和他徹夜長談，他總能及時給我鼓勵，幫我開拓思路。此外，古亮、郭華春、李哲、楊冬冬以及武君、黃金燦、何長盛諸君，在論文寫作過程中和他們有許多交流，得到許多指導，在此一併致謝。

　　感謝花木蘭文化事業有限公司主編龔鵬程先生和副總編輯楊嘉樂女士，對拙著出版付出許多辛勞，提供許多幫助。

　　最後，要特別感謝我的家人，正因為有他們的默默支持，我才得以順利完成學業。感謝我的父母，在我二十多年的求學生涯中，總是盡其所能地給予我最大的支持。我的愛人沈夢妍一個人擔負起照顧家庭的重擔，我時常不在她的身邊，深感有愧於她，而她能夠理解、包容我，免去我的後顧之憂，博士學位的取得，有一半的功勞該歸於她。還有我可愛的一雙兒女沐沐和萌萌，看著他們一天天健康成長，我感到非常快樂和滿足。

陳騰飛

2023 年 3 月 12 日寫於鄭州